最美的二十四节气诗词

青少版

李颜垒◎著
段天舒◎图

中国经济出版社
CHINA ECONOMIC PUBLISHING HOUSE
·北 京·

图书在版编目（CIP）数据

最美的二十四节气诗词/李颜垒著.

北京：中国经济出版社，2018.5

ISBN 978－7－5136－5101－1

Ⅰ.①最… Ⅱ.①李… Ⅲ.①诗词—作品集—中国—当代 Ⅳ.①I227

中国版本图书馆 CIP 数据核字（2018）第 036979 号

策划编辑　崔姜薇

责任编辑　郭国玺

责任印制　马小宾

封面设计　任燕飞工作室

出版发行　中国经济出版社

印 刷 者　北京富泰印刷有限责任公司

经 销 者　各地新华书店

开　　本　710mm×1000mm　1/16

印　　张　14.5

字　　数　170 千字

版　　次　2018 年 5 月第 1 版

印　　次　2018 年 5 月第 1 次

定　　价　48.00 元

广告经营许可证　京西工商广字第 8179 号

中国经济出版社 **网址** www.economyph.com **社址** 北京市西城区百万庄北街 3 号 **邮编** 100037

本版图书如存在印装质量问题，请与本社发行中心联系调换（联系电话：010－68330607）

代序

二十四节气之美

范小猫

我国是世界上最早研究物候学的国家，早在东周春秋战国时代，我国人民就有了日南至、日北至的概念。随后人们根据月初、月中的日月运行位置和天气及动植物生长等自然现象，利用它们之间的关系，把一年平分为二十四等份，并且给每等份取了个专有名称，这就是二十四节气。

具体来说，成书于春秋战国时期的《吕氏春秋》的“十二月纪”中，有了立春、春分、立夏、夏至、立秋、秋分、立冬、冬至等八个节气名称。这八个节气，是二十四个节气中最重要的节气。标示出季节的转换，清楚地划分出一年的四季。

西汉初期的《夏小正》是我国最早的物候专著，按一年十二个月的顺序分别记载了物候、气象、天象及重要的政事、农事活动，如农耕、养蚕、养马等。

在儒家典籍《礼记》的《月令》篇中，按照一年十二个月的时令，记述了政府的祭祀礼仪、职务、法令、禁令，并且用简约精当的语言，细致地描述了每个月份的时令变化。比如星宿的转移、风向的变动、时气的改换、动物的活动、植物的生长，等等。

到秦汉年间，二十四节气已完全确立。汉朝淮南王刘安的《淮南子》

一书，就有了和现代完全一样的二十四节气的名称。公元前104年，由邓平等制定的《太初历》，正式把二十四节气订于历法，明确了二十四节气的天文位置。

元人又有《月令七十二候集解》，以七十二候分属于二十四气，各训释其所以然。自然界的花草树木、飞禽走兽，都是按照一定的季节时令活动的，其活动与气候变化息息相关。因此，它们的各种活动便成了季节的标志，如植物的萌芽、发叶、开花、结果、叶黄和叶落，动物的蛰眠、复苏、始鸣、繁育、迁徙等，都与气候变化相关。《月令七十二候集解》详细总结、记录了二十四节气七十二候的物候变化。

为了便于记忆，人们还编出了《二十四节气歌》：

春雨惊春清谷天，夏满芒夏暑相连，秋处露秋寒霜降，冬雪雪冬小大寒。

上半年来六廿一，下半年是八廿三。每月两节不变更，最多相差一两天。

穿过漫漫无涯的历史的河流，阅读这么多关于季节、物候、时令的书籍和文字，我们会发现，千百年来，人们一直在以细腻从容的心情，精准地观察大自然的各种微小的变化。时间在一分一秒地过去，光阴在一寸一毫地循环，不变的，是人们珍爱自然和生命的心情。

更有许多文人雅士，吟风弄月，在自然和历史的往复循环中，逐渐形成一整套诗意的生活方式，创作了大量的诗词歌赋。本来平淡庸常的日子，也因此变得可圈可点。朝代在更替，人事在变迁，一代又一代人湮没于历史的风烟深处，又有一代接一代的人悄无声息地诞生在烟水迷离的日常生活中。对自然的深情，对光阴的眷恋，对细碎庸常的生活诗意的观照，始终在支持着一个伟大的民族，有滋有味地繁衍生息。或许，对于我们这个充满诗意与深情的民族来说，最愉快的事，就是人与光阴缱绻相拥，看万物生长，季节变换，时序流转。在不断的流动变化中，慢慢用心体会生命中的很多细碎真切的美好，或哀伤。

作家李颜垒这本书，从立春开始，写到大寒，四个季节，二十四个节气，撷取了最美好的诗词，融合了光阴之美、诗意之美、民俗之美，写出了最有闲情逸致的岁时生活，以及最为活泼真实的日常风情，使古老中国的风味、意趣跃然纸上。

每个人的青春都是短暂的，生命也是短暂的，然而，在如海的光阴中，掬起浮生往事细碎的浪花，细细品味，可以将我们的青春和生命延长。这就是阅读的意义，也是对生命与时光的更为深情的诠释。让我们捧起这本书，踏过二十四节的轮回，走进诗意与眷恋，共赏光阴的画卷。

目录

第三节 惊蛰

第四节 春分

第五节　清明

第六节　谷雨

第七节　立夏

第八节　小满

第九节　芒种

第十五节　白露

第十六节　秋分

第十七节　寒露

第二十一节　大雪

第二十二节　冬至

第二十三节　小寒

第二十四节　大寒

立春

二十四节气

2月4日或5日

【立春三候】一候东风解冻；二候蛰虫始振；三候鱼陟负冰。

【节气诗词】律回岁晚冰霜少，春到人间草木知。

【节气花信】迎春，樱桃，望春。

第一节 立春

立春，为每年公历2月4日或5日，太阳到达黄经315度时为立春，“立”是“开始”的意思，我国以立春为春季的开始。立春揭开了春天的序幕，表示万物复苏的春季的开始。“律回岁晚冰霜少，春到人间草木知”。

中国古代将立春的十五天分为三候：“一候东风解冻，二候蛰虫始振，三候鱼陟负冰”，说的是东风送暖，大地开始解冻。立春五日后，蛰居的虫类慢慢在洞中苏醒，再过五日，河里的冰开始溶化，鱼开始到水面上游动，此时水面上还有没完全溶解的碎冰片，如同被鱼负着一般浮在水面。

剪刀巧手一阵风，是春天要来了——《咏柳》

咏柳

（唐）贺知章

碧玉妆成一树高，万条垂下绿丝绦。

不知细叶谁裁出，二月春风似剪刀。

贺知章（约659—约744），字季真，晚年自号四明狂客，唐代著名诗人、书法家。少时就以诗文知名。为人旷达不羁，有“清谈风流”之誉，晚年尤纵，自号“四明狂客”“秘书外监”。八十六岁告老还乡，旋逝。贺知章为盛唐前期诗人，又是著名书法家，与张若虚、张旭、包融并称“吴中四士”。贺知章诗文以绝句见长，除祭神乐章、应制诗外，其写景、抒怀之作风格独特，清新潇洒，著名的《咏柳》《回乡偶书》两首脍炙人口，千古传诵，作品大多散佚，今尚存录入《全唐诗》共19首。

立春之后，春天就要来了，万物就要在人们眼前活跃起来，将呈现一种别样的动人。在盛唐诗人贺知章的这首七言绝句中，他生动地刻画了柳的春天形象。

贺知章是浙江人，他的这首《咏柳》书写的是南方二月的特征，南方的二月柳树已经发芽，他称柳为碧玉，意思是它是一位经过梳妆打扮的亭亭玉立的美人。用“碧玉”来比有两层意思：一是碧玉为绿色，和柳的颜色一致；二是“碧玉”一词给我们的印象似乎永远青春。南朝乐府有《碧玉歌》，其中“碧玉破瓜时”已成名句；还有南朝萧绎《采莲赋》有“碧玉小家女”一句名句，共同演绎出来“小家碧玉”这个美妙成语，称小户人家的美貌少女，“碧玉妆成一树高”自然就联系到美人，她穿一身嫩绿，而且充满活力。

所以，“万条垂下绿丝绦”自然而来，那垂垂下坠的柳叶就是她身上婀娜多姿下坠的绿色的丝织裙带。接下来，是一个设问句。“不知细叶谁裁出？”——自问；“二月春风似剪刀。”——自答。这样一问一答，就由柳树巧妙地过渡到春风。既裁出这些细巧的柳叶，当然也能裁出嫩绿鲜红的花花草草，裁出繁花似锦的整个春天，这就为我们想象江南“千里莺啼绿映红”“拂堤杨柳醉春烟”那般万紫千红的烂漫春天提供了一个丰富的想象空间。

你看，连用两个新美的喻象，多美的春的感觉，饱含韵味地呈现在我们的眼前。相信经过似剪刀巧手一般的春风吹拂，不久的将来将是一个声势浩大的春天。

关外之春，一种别样胸怀——《凉州词》

凉州词

（唐）王之涣

黄河远上白云间，一片孤城万仞山。

羌笛何须怨杨柳，春风不度玉门关。

王之涣（688—742），是盛唐时期的著名诗人，字季凌。豪放不羁，常击剑悲歌，其诗多被当时乐工制曲歌唱。名动一时，他常与高适、王昌龄等相唱和，以善于描写边塞风光著称。其代表作有《登鹳雀楼》《凉州词》等。其诗“白日依山尽，黄河入海流。欲穷千里目，更上一层楼”家喻户晓。

春天来了，桃李吐蕊，万象更新，可玉门关之外还是黄沙漫漫，好像与白云连在一起，何必用羌笛吹起那哀怨的杨柳曲《折杨柳》去埋怨春光迟迟呢，因为玉门关一带春风是吹不到的啊！

春天到了善于描写边塞风光的诗人王之涣这里，有了不一样的味道。这就是著名的《凉州词》。“凉州词”是凉州歌的唱词，不是诗题，是盛唐时流行的一种曲调名。开元年间，陇右节度使郭知运搜集了一批西域的曲谱，进献给唐玄宗。玄宗交给教坊翻成中国曲谱，并配上新的歌词演唱，以这些曲谱产生的地名为曲调名。后来许多诗人都喜欢这个曲调，为它填写新词，因此，唐代许多诗人都写有《凉州词》，如王之涣、王翰、张籍，其中最有名的就是此首。

王之涣先写山川的雄阔苍凉，黄河之外，白云之间，再写戍守者处境的孤危，万山之中的一座孤城。然后，诗人的笔锋忽而一转，引入羌笛之声，演奏的是《折杨柳》曲调。折柳赠别的风习在唐时最盛，“杨柳”与离别有更直接的关系。所以，《折杨柳》是最容易惹人离愁的曲调，这就不能不勾起征夫的离愁了玉门关外，春风不度，杨柳不青，离人想要折一枝杨柳寄情也不能，这就比折柳送别更为难堪。

全诗写得苍凉慷慨，悲壮渲染，但却无颓丧消沉的情调，这就是一种广阔胸怀。原来一首《凉州词》，即为一个关外故事，即为一种别样胸怀。

最是立春惹情扉——《汉宫春·立春日》

汉宫春·立春日

（宋）辛弃疾

春已归来，看美人头上，袅袅春幡。无端风雨，未肯收尽余寒。年是时燕子，料今宵梦到西园，浑未办黄柑荐酒，更传青韭堆盘。

却笑东风从此，便熏梅染柳，更没些闲，闲时又来镜里，转变朱颜。清愁不断，问何人会解连环？生怕见花开花落，朝来塞雁先还。

辛弃疾（1140—1207），字幼安，号稼轩，南宋豪放派词人，人称词中之龙，与苏轼合称“苏辛”，与李清照并称“济南二安”。有词集《稼轩长短句》，现存词600多首，强烈的爱国主义思想和战斗精神是他所有词作的基本思想内容。著名词作《水调歌头·带湖吾甚爱》《摸鱼儿·更能消几番风雨》《满江红·家住江南》《沁园春·杯汝来前》《西江月·夜行黄沙道中》等。其词艺术风格多样，以豪放为主，风格沉雄豪迈又不乏细腻柔媚之处。其词题材广泛又善用前人典故入词，抒写力图恢复国家统一的爱国热情，倾诉壮志难酬的悲愤，对当时执政者的屈辱求和颇多谴责，也有不少吟咏祖国河山的作品。

《汉宫春·立春日》是宋代爱国词人辛弃疾所写的一首词，整首词以“春已归来”开篇，立春了——接着就有了一系列初春特有的意象：春幡、余寒、燕子、春酒、青韭，这些景物层层铺叙，把春天的来临一步步具体化。“无端风雨，未肯收尽余寒”展现了初春乍暖还寒的气候特点，正是在这样的季节，没有来由的春风春雨还没有将冬天剩余的寒威全部收尽。

随着感情的深入，词人开始对天时人事却别有一番感触：那去年秋时南来的燕子，不能回到北方故国的“西园”去，但燕子虽然无法归去，词人却生派它一个“西园梦”。显然，这燕子，已经成了词人思念故国的精神象征。接下来，词人还运用了“解连环”的典故——春秋战国时期，齐国人把秦国的连环难题解开了，解决了忧愁——以此进一步把自己的忧愁具体化：国破家亡，旧恨未消；国事堪忧，新愁又起，此刻谁人能解我之忧愁？词人赋予了立春风光以更深的含意。时光流逝，我英雄何用？隔着无尽的时光，只有读懂辛弃疾的我们才知晓，春光美妙，而不能享受。

词人害怕见到“花开花落”的景象，鸿雁比人回的还早，更勾起辛弃疾对沦陷的故乡的思念之情，同时，蕴含其中的还有壮志难酬、国耻未报的感慨。而这些，正是词人要表达的“春愁”的内涵。

春山暖日和风——《天净沙·春》

天净沙·春

（元）白朴

春山暖日和风，阑干楼阁帘栊，杨柳秋千院中。啼莺舞燕，小桥流水飞红。

白朴（1226—约1306），原名恒，字仁甫，后改名朴，字太素，号兰谷。他是元代著名的杂剧家，与关汉卿、马致远、郑光祖并称为“元曲四大家”（另有一说为关汉卿、马致远、王实甫、白朴）。代表作主要有《唐明皇秋夜梧桐雨》《裴少俊墙头马上》《董秀英花月东墙记》等。

《天净沙》是元曲中有名的曲牌名之一，它的典型特征就是运用多种景物并置来传达出别样的意蕴，元曲大家马致远的《天净沙·秋思》就是代表，白朴此首同样有名，从不同空间层次描写春天的景物。

“春山暖日和风”，本曲先从远处着笔，为我们呈现了一个宏大而又温馨的背景：你看，山是春意盎然的，日是暖意融融的，风是和煦温情的。词人的目光从远处的春山转到近处的楼阁与院中景物，阑干、帘栊，杨柳、秋千，周边还有啼唱的莺鸟和飞舞的燕子，体现着春天与其他季节的不同之处。最后一句则是压轴之句：“小桥流水飞红”。马致远的《天净沙·秋思》中，借“小桥流水人家”的美好画面，衬托了漂泊在外的游子内心的孤独凄凉以及对家乡亲人的思念。而此曲中，则通过“小桥流水飞红”之景，抒发了在明媚春光里陶醉、喜悦、惬意之情。

于是有了这幅画：山绿了，阳光暖了，吹起和煦的春风。楼阁上少女凭栏眺望，高卷起帘栊。院子里杨柳依依，秋千轻轻摇动，院外有飞舞的春燕，啼啭的黄莺，小桥之下流水潺潺，落花飞红……

春到了，情趣横生——《清江引·立春》

清江引·立春

（元）贯云石

金钗影摇春燕斜，木杪生春叶。水塘春始波，火候春初热。土牛儿载将春到也。

贯云石（1286—1324）元代散曲作家，著名诗人、散文作家。元朝畏兀儿人，精通汉文。字浮岑，号成斋、疏仙、酸斋。出身高昌回鹘畏吾人贵胄，祖父阿里海涯为元朝开国大将。原名小云石海涯，因父名贯只哥，即以贯为姓。自号酸斋。初因父荫袭为两淮万户府达鲁花赤，让爵于弟，北上从姚燧学。仁宗时拜翰林侍读学士、中奉大夫，知制诰同修国史。不久称疾辞官，隐于杭州一带，改名"易服"，在钱塘卖药为生，自号"芦花道人"。今人任讷将他的散曲与自号"甜斋"的徐再思的散曲合为一编，世称《酸甜乐府》。

春来了一次又一次，每个诗人写出自己的风格，到了元朝，就有了独属于这个朝代的意蕴。在本首曲中，女子戴上了金钗，剪彩为燕，人们扮神开始迎春的仪式。然后，诗人从树梢、水池、地气等方面渲染出生机初绽的春意，读时有春风扑面之感。"杪""始""初"都准确地点出立春时万物苏醒、生机萌发的意境，具有很高的艺术表现力。土牛儿即春牛，立春到了，农民开始耕种，春耕也要开始了。

贯云石曾任翰林侍读学士，后弃官隐居，在钱塘市中卖药为生，时常有各种文艺应酬。这支元曲就是应酬之作，春天来临，朋友欢聚，以“金木水火土”五字为题，酸斋先生应声而作，春景春情就呈现到了完美面前。他并没有被作曲所限，只是扣紧“春”字，写得清新自然，情趣横生。

雨水

二十四节气

2月18至20日

【雨水三候】一候獭祭鱼，二候鸿雁来，三候草木萌动。

【节气花信】菜花，杏花，李花。

第二节

雨水

雨水，在每年公历2月19日或20日；雨水不仅表示降雨的开始，也表明雨量开始增多。

我国古代将雨水分为三候：“一候獭祭鱼；二候鸿雁来；三候草木萌动。”值此节气，水獭开始捕鱼了，将鱼摆在岸边如同先祭后食的样子；五天过后，大雁开始从南方飞回北方；再过五天，在“润物细无声”的春雨中，草木随地中阳气的上腾而开始抽出嫩芽。

好雨知时节，当春乃发生——《春夜喜雨》

春夜喜雨

（唐）**杜甫**

好雨知时节，当春乃发生。
随风潜入夜，润物细无声。
野径云俱黑，江船火独明。
晓看红湿处，花重锦官城。

杜甫（712—770），字子美，自号少陵野老，唐代伟大的现实主义诗人，与李白合称“李杜”。杜甫在中国古典诗歌中的影响非常深远，被后人称为“诗圣”，他的诗被称为“诗史”。后世称其杜拾遗、杜工部，也称他杜少陵、杜草堂。杜甫的思想核心是儒家的仁政思想，他有“致君尧舜上，再使风俗淳”的宏伟抱负。杜甫虽然在世时名声并不显赫，但后来声名远播，对中国文学和日本文学都产生了深远的影响。杜甫共有约1500首诗歌被保留了下来，大多集于《杜工部集》。

雨水节气来了，要开始下雨了。在诗人看来，春雨体贴人意，知晓时节，在人们急需的时候飘然而至，催发生机。不由发出赞叹：多好的春雨！

下笔之前，诗人就敏锐地抓住这场雨的特征——好雨与夜雨。第一句直接赞美了这场及时雨，它似乎知晓人们的心思，在最需要的时候悄然来临。后面三句集中写“夜雨”：野外一片漆黑，只有一点渔火若隐若现，这雨淅淅沥沥下了一整夜了吧？于是诗人就在想：要是下到了天明，锦官城里应该是一片万紫千红的花海了吧？因为好的雨水将万物润泽，花花草草一夜滋长起来了，带雨开花，红艳欲滴。花重，意思是花因为饱含雨水而显得沉重，如此细腻的描写也许只有善于观察的杜甫才能想到。

我们通看全诗，全诗没有一个“喜”字，但处处都体现着诗人的喜悦之情。在诗人的喜悦心情中，使读者相信天亮之后，即使还未到花开季节，整个锦官城的杂花生树，也会一片“红湿”，一朵朵红艳艳、沉甸甸，汇成花的海洋。

那该是多么美妙的事情！我们理解这种对春雨的感受，当雨落花瓣滑下，划出美的曲线，我们每一位读者都感同身受。

最是一年春好处，一场雨来情事了
——《初春小雨》

初春小雨

（唐）**韩愈**

天街小雨润如酥，草色遥看近却无。
最是一年春好处，绝胜烟柳满皇都。

韩愈（768—824），字退之，世称“韩昌黎”“昌黎先生”。唐代杰出的文学家、哲学家、思想家。韩愈是唐代古文运动的倡导者，被后人尊为“唐宋八大家”之首，与柳宗元并称“韩柳”，有“文章巨公”和“百代文宗”之名。其著有《韩昌黎集》《外集》《师说》等。他提出的文道合一、气盛言宜、务去陈言、文从字顺等散文的写作理论，对后人很有指导意义。

早春二月，在北方还经常有寒风吹过，春在何处？有时候连影儿也不见。但若是下过一番小雨后，第二天就会发现不一样之处，那就是春天留下的痕迹。雨脚儿轻轻地走过大地，最初的春草芽儿冒出来了，远远望去，朦朦胧胧，仿佛有一片极淡极淡的青青之色，这是早春的草色。

看着它，人们心里顿时充满欣然与喜悦。可是当你带着走近去看个仔细，地上反而看不清草芽了，这些稀稀朗朗的极为纤细的芽，近看感觉就像没有似的。在《初春小雨》中，诗人韩愈就是这么一位高明的水墨画家，挥洒着他饱蘸水分的妙笔，作出这样一幅惹人心扉之作。

最后，诗人还来个对比——“绝胜烟柳满皇都”。他认为，初春草色比那满城处处烟柳的景色不知要胜过多少倍。也许是因为，“遥看近却无”的草色，是早春时节特有的，它柔嫩饱含水分，象征着大地春回，象征着万象更新，象征着欣欣向荣。而烟柳呢？到时候满城都是，已经不让人不稀罕了。像韩愈这样别出新意的对比手法，是一种加倍写法，就为了突出春色的特征。

小雨又滋润如酥，酥就是奶油，受了这样的滋润，那草色还能不新吗？这初春的感受能不美吗？早春的小雨和草色是一年春光中最美的东西，雨过之后，那春天是真的要来了，挡也挡不住。

红楼隔雨相望冷——《春雨》

春雨

（唐）**李商隐**

怅卧新春白袷衣，白门寥落意多违。
红楼隔雨相望冷，珠箔飘灯独自归。
远路应悲春晼晚，残宵犹得梦依稀。
玉珰缄札何由达，万里云罗一雁飞。

李商隐（约813—约858），字义山，号玉溪生，又号樊南生，晚唐乃至整个唐代，李商隐是为数不多的刻意追求诗美的作者。李商隐擅长诗歌写作，骈文文学价值也很高，和杜牧合称“小李杜”，与温庭筠合称为“温李”。其诗构思新奇，风格秾丽，尤其是一些爱情诗和无题诗写得缠绵悱恻，优美动人，广为传诵。但部分诗歌过于隐晦迷离，难于索解，以至有“诗家总爱西昆好，独恨无人作郑笺”之说。

李商隐以写爱情诗见长，这首诗就写的是春雨潇潇，情丝缭绕。白袷衣即白夹衣，唐人以白衫为闲居便服。男主人公闲居寂寞，春雨中望着伊人居住过的经红楼，对她思念之情宛若雨丝，飘飘袅袅，由此引发出许多怀思的情愫：追思、梦境、挚情，说尽相思苦。你看，“红楼隔雨相望冷，珠箔飘灯独自归”，鲜红的色彩与寒冷的感觉互相比照。红的色彩本来是温暖的，但隔雨怅望反觉其冷；珠箔本来是明丽的，却出之于灯影前对雨帘的幻觉。于是，情景、色调和气氛都令人久久难忘。到最后，“玉珰缄札何由达，万里云罗一雁飞。”有玉珰一双作为信物，怎么样才可以送达，我只有寄希望于万里长空中那一只刚刚飞来的鸿雁。鸿雁怎么能带去信物？可见，最后连情书都无法寄出，这种思念归于无声，归于无可奈何……

李商隐的爱情诗含蓄蕴藉、幽美凄艳，用的是幽微隐约、迂回曲折的方式，将心中的朦胧意绪转化为恍惚迷离的意象。这些在这首诗中都一一体现：红楼、珠箔、春雨、灯影等意象，再加上迷茫的心境、依稀的梦境，使诗境凄美幽约。

你可懂得这种情感？月下西楼时，春雨朦胧中，你是否时常会思念所爱的人？万物寂然，唯念一人。

小楼一夜听春雨，深巷明朝卖杏花
——《临安春雨初霁》

临安春雨初霁

（宋）**陆游**

世味年来薄似纱，谁令骑马客京华。
小楼一夜听春雨，深巷明朝卖杏花。
矮纸斜行闲作草，晴窗细乳戏分茶。
素衣莫起风尘叹，犹及清明可到家。

陆游（1125—1210），字务观，号放翁，南宋文学家、史学家、爱国诗人。陆游一生笔耕不辍，诗词文俱有很高成就，其诗语言平易晓畅、章法整饬谨严，兼具李白的雄奇奔放与杜甫的沉郁悲凉，尤以饱含爱国热情对后世影响深远。陆游亦有史才，他的《南唐书》，“简核有法”，史评色彩鲜明，具有很高的史料价值。

都说时光是一指流沙，苍老了一段美好年华。读词的时候，我们的心静静的，有所感触之时，让心情在笔下绽放如花，来，我们来写一段关于诗人陆游的美好词句——小楼一夜听春雨，深巷明朝卖杏花。这是写春雨的名句。

夜已经很深了，诗人陆游还没有睡去，他住在小楼上，彻夜听着春雨的淅沥；第二天早上，深幽的小巷中传来了叫卖杏花的声音，告诉人们春已深了。绵绵的春雨，由诗人的听觉中写出；而淡荡的春光，则在卖花声里透出。传说这两句诗后来传入宫中，深为宋孝宗喜爱，一时传遍天下。喜爱贵喜爱，孝宗哪知道“小楼一夜听春雨”中那绵绵春雨是陆游的愁人思绪——诗人一夜未曾入睡，国事家愁，伴着这雨声而涌上了眉间心头。陆游这里写得更为含蓄深蕴，他虽然用了比较明快的字眼，但用意还是要表达自己的郁闷与惆怅，而且正是用明媚的春光作为背景，才与自己落寞情怀构成了鲜明的对照。在这明艳的春光中，诗人宏大的抱负还能实现吗？

在陆游的众多著名诗篇中，有壮怀激烈的爱国忧民之作，如《关山月》《秋夜将晓出篱门迎凉有感》；有寄梦抒怀、悲愤凄切之作，如《十一月四日风雨大作》。这些诗词不是直抒胸臆，痛切陈词，就是笔墨纵横，抚古思今，都是雄壮的大气磅礴之作，与《临安春雨初霁》极不相似。在《临安春雨初霁》里，没有豪唱，也没有悲鸣，没有愤愤之诗，也没有盈盈酸泪，有的只是淡淡然的一声叹息……

你，是否读出来了？

惊蛰

二十四节气

3月5至7日

【惊蛰三候】一候桃始华，二候仓庚鸣，三候鹰化为鸠。

【节气诗词】微雨众卉新，一雷惊蛰始。

【节气花信】桃花，棠梨，蔷薇。

第三节

惊蛰

惊蛰，每年公历的3月5日或6日，这时气温回升较快，渐有春雷萌动，“惊蛰”是指钻到泥土里越冬的小动物被雷震苏醒出来活动。

我国古代将惊蛰分为三候：“一候桃始华；二候仓庚（黄鹂）鸣；三候鹰化为鸠。”此时，时间已进入仲春，是桃花红、梨花白，黄莺鸣叫、燕飞来的时节。

冬虫惊醒，草木沾雨——《拟古·仲春遘时雨》

拟古·仲春遘时雨

（晋）陶渊明

仲春遘时雨，始雷发东隅。
众蛰各潜骇，草木纵横舒。
翩翩新来燕，双双入我庐。
先巢故尚在，相将还旧居。
自从分别来，门庭日荒芜。
我心固匪石，君情定何如？

陶渊明（352 或 365—427），字元亮，又名潜，私谥“靖节”，世称靖节先生。东晋末至南朝宋初期伟大的诗人、辞赋家。曾任江州祭酒、建威参军、镇军参军、彭泽县令等职，最末一次出仕为彭泽县令，八十多天便弃职而去，从此归隐田园。他是中国第一位田园诗人，被称为“古今隐逸诗人之宗”，著有《陶渊明集》。

大诗人陶渊明隐居之后写了九首拟古诗，这首《仲春遘时雨》是写惊蛰节气的。“仲春遘时雨，始雷发东隅，”遘，读音为 gòu，意为相遇。仲春二月，逢上了及时雨。第一声春雷，亦从东方响起——春天又从东方回来了。“众蛰各潜骇，草木纵横舒。”众类冬眠之蛰虫，暗中皆被春雷惊醒，沾了春雨的草木，枝枝叶叶纵横舒展。这四句，“众蛰”句承“始雷”句来，“草木”句则承“遘时雨”句来，写出春回大地，大自然一片勃勃生机。

接下来写到燕子归来，旧巢依然还在。“先巢故尚在，相将还旧居”，原来，这双燕子是诗人家的老朋友呢。“相将”与“旧居”两词，诗人说得非常亲切，一下子也把燕子拟人化了。燕子认旧巢，这件看似寻常的小事，深深触动了诗人的情怀。他情不自禁地问那燕子：“自从分别来，门庭日荒芜。我心固匪石，君情定何如?”意思是说，自从去年分别以来，我家门庭是一天天荒芜了，我的心仍然是坚定不移，但不知你的心情究竟如何?

这是与燕子的风趣对话，这种幽默跨越千年始终吸引着我们，世间所有相遇都是久别重逢，与燕子互道衷肠，场面生动活泼、情趣盎然，而又表达了他隐居不仕的坚决意志。

田家几日闲，耕种从此起——《观田家》

观田家

（唐）韦应物

微雨众卉新，一雷惊蛰始。
田家几日闲，耕种从此起。
丁壮俱在野，场圃亦就理。
归来景常晏，饮犊西涧水。
饥劬不自苦，膏泽且为喜。
仓廪物宿储，徭役犹未已。
方惭不耕者，禄食出闾里。

韦应物（737～792），中国唐代诗人。今传有《韦江州集》《韦苏州诗集》《韦苏州集》。散文仅存一篇。因出任过苏州刺史，世称“韦苏州”。诗风恬淡高远，以善于写景和描写隐逸生活著称。

这是一首田园诗。田园诗由东晋大诗人陶渊明在田园中开创，多以农村景物和农牧劳动为题材，到唐代已经发扬光大，唐代诗人多有创作，这就是韦应物的田园代表作。

“微雨众卉新，一雷惊蛰始”，自惊蛰起，万物更新，不过，农民就没有“几日闲”农民们一家男女老少整天起早摸黑，忙碌于农活，还得把牛牵到村子西边的溪沟里让它饮水，结果却家无隔夜粮。

《观田家》不同于其他田园诗之处就是，诗中通过对农民终岁辛劳而不得温饱的具体描述，揭示了当时赋税徭役妁繁重和社会制度的不合理。同时，联系到自己不从事耕种，但是俸禄却是来自乡里，由此深感惭愧。身为封建官吏韦应物能够这样自责，确实是难得的。不过，他在生活中也时常为民，勤于吏职。他曾任苏州任刺史，以至于一贫如洗，等到届满时候，居然无川资回京候选，寄居于苏州无定寺，不久就客死他乡。

拂墙浓杏燕支湿——《秦楼月·浮云集》

秦楼月·浮云集

（宋）范成大

浮云集，轻雷隐隐初惊蛰，初惊蛰。鹁鸠鸣怒，绿杨风急。

玉炉烟重香罗浥，拂墙浓杏燕支湿，燕支湿。花梢缺处，画楼人立。

范成大（1126—1193），字至能，一字幼元，早年自号此山居士，晚号石湖居士。南宋名臣、文学家、诗人。范成大素有文名，尤工于诗。他从江西派入手，后学习中、晚唐诗，继承白居易、王建、张籍等诗人新乐府的现实主义精神，终于自成一家。风格平易浅显、清新妩媚。诗题材广泛，以反映农村社会生活内容的作品成就最高。他与杨万里、陆游、尤袤合称南宋“中兴四大诗人”。著有《石湖集》《揽辔录》《吴船录》《吴郡志》《桂海虞衡志》等。

范成大晚年隐居故乡石湖，写了很多描写农村春夏秋冬四季的景色和农民的生活诗作，似乎是平静而平凡的，充满着恬淡之感，就像这首《秦楼月》一样美。

江南的春，总是多了些色彩，欢快的、明媚的、斑斓的、让人心生雀跃，惴惴地、偷偷地无限欢欣。惊蛰刚过，想来那些冬眠了许久的虫子便会破土而出，去寻找美好的春天了。鹁鸠，也叫鹁鸪，当天将要下雨，它们的鸣叫声到处都是。现在它们就在怒叫，绿杨也随风摆动，浓杏拂墙，燕支重色，处处呈现出春日景色。词的最后，“花梢缺处，画楼人立”，顿使景中有人，意境全活……

在范成大的《秦楼月》中，惊蛰好像是只小动物，活力充沛，无限生机，而又恰到好处的含蓄。一切若隐若现便在词句中妙曼回转，弥漫了整个春天。

沾衣欲湿杏花雨，吹面不寒杨柳风——《绝句》

绝句

（宋）僧志南

古木阴中系短篷，杖藜扶我过桥东。

沾衣欲湿杏花雨，吹面不寒杨柳风。

僧志南，南宋诗僧，志南是他的法号，生平不详。宋人赵与虤《娱书堂诗话》卷上曾载："僧志南能诗，朱文公尝跋其卷云：'南诗清丽有余，格力闲暇，无蔬笋气。如云："沾衣欲湿杏花雨，吹面不寒杨柳风"。予深爱之。"

这首绝美的小诗，写诗人在微风细雨中拄杖走路的乐趣，有雨有风，但却不冷。僧人志南的生活状态已不可考，他在南宋的文坛上也没有"中兴四大诗人"的风头那么强劲，但仅凭这短短的一首对早春二月的细腻感受和真切描写之诗，他就把自己的名字载入了史册。

诗人拄杖春游，却说"杖藜扶我"，是将藜杖人格化了，仿佛它是一位可以依赖的游伴。他只是走过了一座桥，桥东和桥西，对大家来说，风景未必有很大差别，但对游春的诗人来说，向东向西，意境和情趣却颇不相同。惊蛰时节，杨柳枝随风荡漾，给人以惬意的印象，"沾衣欲湿"，用衣裳似湿未湿来形容初春细雨似有若无，到底有没有？只能问诗人自己了，惹人心扉的雨为何物，只怕是诗人快意的心情释放吧。

试想诗人扶杖东行，一路红杏灼灼，绿柳翩翩，细雨沾衣，似湿而不见湿，和风迎面吹来，不觉有一丝寒意，这是怎样的旅程？有人不免要想，僧人这样兴致勃勃地走下去，游赏下去，到他想起应该归去的时候，怕要体力不支，连藜杖也扶他不动了吧？不必多虑。诗的首句说——“古木阴中系短篷”，短篷即是小船，他原是乘小船沿溪水而来，那小船偏系在溪水边老树下，正待他解缆回寺呢。

所有的顾虑全无，如此美景，他怎么舍得回去？当然是继续欣赏前方美景了。

春分

二十四节气

3月20至22日

【春分三候】一候元鸟至；二候雷乃发声；三候始电。

【节气诗词】雪入春分省见稀，半开桃李不胜威。

【节气花信】海棠，梨花，木兰。

第四节 春分

春分，每年公历3月20日或3月21日。春分这天，太阳光直射赤道，地球各地的昼夜时间相等，所以古代春分秋分又称为“日夜分”，民间有“春分秋分，昼夜平分”的谚语，春分后，人间春暖花开，莺飞草长。

中国古代将春分分为三候：“一候元鸟至；二候雷乃发声；三候始电。”便是说春分日后，燕子便从南方飞来了，下雨时天空便要打雷并发出闪电。

怀念那一望无际的洛阳春景——《春日京中有怀》

春日京中有怀

（唐）杜审言

今年游寓独游秦，愁思看春不当春。
上林苑里花徒发，细柳营前叶漫新。
公子南桥应尽兴，将军西第几留宾。
寄语洛城风日道，明年春色倍还人。

杜审言（约645—约708），字必简，曾任隰城尉、洛阳丞等小官，累官修文馆直学士，与李峤、崔融、苏味道被称为“文章四友”，是唐代“近体诗”的奠基人之一，作品多朴素自然。其五言律诗，格律谨严。原有集，已散佚，后人辑有《杜审言诗集》。

你是否会对某座城市念念不忘并且发誓一定要再回去？经过骑驴长途颠簸之后，再搭上一个轿子，稍稍抬一下腿，坐进去，然后，朝着前方的暮色一直走去。

轿子不快也不慢，是那种你闭上眼睛感觉不到速度，睁开眼睛却能看见路旁的树一棵一棵向后退去的节奏。暮色一层一层更深了；心情一点一点明朗起来，这时，轿子停了——洛阳城到了。

诗人杜审言在长安时，时刻都想要这样的感觉。唐代洛阳为东都，杜审言曾任洛阳丞，后任膳部员外郎及著作佐郎时亦多在洛阳供职，其家乡又在洛阳西巩县，因此，他对洛阳有一种特别亲切的感情。武则天也长期留居洛阳，她曾一度回西京。当时，杜审言曾随驾去长安。这首《春日京中有怀》诗，就作于长安城，诗人抒发的是怀友思归之情。

宦游对诗人来说本为平常事，而今年所不同的是“独游秦”。就他一个人啊，亲朋好友都不在身边，独在异乡为异客，心情寂寥。“愁思看春不当春”，这春天的景色多么美好，我却因为乡愁无心赏玩！长安古都风物形胜，又至冬去春来，节序的推移，自然容易引起异乡人感昔怀今触动愁思。“公子南桥应尽兴，将军西第几留宾”，诗人想象起了洛阳友人赏春欢宴的情景。西第，东汉外戚梁冀为大将军，其府第在洛阳城西。因马融曾为之写《大将军第颂》，后人称之为西第。这里指豪华府第。府第如此多的集宴豪饮，正与自己“独游秦”形成鲜明的对照。

接下来就是深深的想念了，“寄语洛城风日道，明年春色倍还人”。恐怕是诗人太熟悉洛阳的一切了，他思念洛阳的人，也怀念洛阳的风日，更留恋洛阳的春光美景。

那一望无际的洛阳春景啊。

那些年，我们一起访春踏青
——《阮郎归·南园春半踏青时》

阮郎归·南园春半踏青时

（唐）欧阳修

南园春半踏青时，风和闻马嘶。青梅如豆柳如眉，日长蝴蝶飞。

花露重，草烟低，人家帘幕垂。秋千慵困解罗衣，画梁双燕栖。

欧阳修（1007—1072），字永叔，号醉翁、六一居士，北宋政治家、文学家，在政治上亦负有盛名。因吉州原属庐陵郡，以“庐陵欧阳修”自居。官至翰林学士、枢密副使、参知政事，谥号文忠，世称欧阳文忠公。后人又将其与韩愈、柳宗元和苏轼合称“千古文章四大家”。与韩愈、柳宗元、苏轼、苏洵、苏辙、王安石、曾巩被世人称为“唐宋散文八大家”。欧阳修是在宋代文学史上最早开创一代文风的文坛领袖，领导了北宋诗文革新运动，继承并发展了韩愈的古文理论。他的散文创作的高度成就与其正确的古文理论相辅相成，从而开创了一代文风。

春分之后，白昼渐长，青梅如豆，蝴蝶翩翩，大自然中的生命都处在蓬勃之中。人们陆陆续续出来踏青赏玩，马嘶声声。这就是欧阳修《阮郎归》描绘的一幅芳春图。

然后，随着赏玩时间的变化，花已沾露，暮色如烟，人已归家，放罢垂帘，罗衣轻解，荡罢秋千解慵困，忽瞅画堂前双飞燕。闺阁少妇春游踏青归，见堂前飞燕双宿双飞，触景生情，孤单寂寞之情油然而生，相思之忧愁无法排遣。

至此，思妇怀人的情绪含蓄流露，内心情感充沛丰盈。通篇没有直说思念的地方，也没有直呈愁怨的言语；但春光大好，游园不能令她情意欢畅，园中荡秋千也不闻盈盈笑语，一切只是默默，终而无言无绪欲拥衾独眠，那就是“别有一般滋味在心头”，使得此词归为春怨词。

不过，《阮郎归》本身就是有些凄音，词名来源是刘晨、阮肇的故事：刘晨、阮肇二人当初入天台山采药，遇二仙女，留住半年，思归甚苦。回来之后发现已经过去十世了，一切乡邑零落，喟叹万千。曲名本此，有些怨、有些凄也不足为怪。

三月咸阳城，千花昼如锦——《月下独酌（其三）》

月下独酌（其三）

（唐）李白

三月咸阳城，千花昼如锦。
谁能春独愁，对此径须饮。
穷通与修短，造化夙所禀。
一樽齐死生，万事固难审。
醉后失天地，兀然就孤枕。
不知有吾身，此乐最为甚。

李白（701—762），字太白，号青莲居士，又号“谪仙人”，是唐代伟大的浪漫主义诗人，被后人誉为“诗仙”。与杜甫并称为“李杜”，其人爽朗大方，爱饮酒作诗，喜交友。李白有《李太白集》传世，诗作中多以醉时写的，代表作有《望庐山瀑布》《行路难》《蜀道难》《将进酒》《梁甫吟》《早发白帝城》等多首。

“三月咸阳城，千花昼如锦。”多么美丽的意象和意境啊。春分始临，千花开放，而诗人因忧愁不能乐游，所以说，“谁能春独愁，对此径须饮”，对影小酌，诗人只能从酒中得到宽慰。

喝酒宽慰，不过这是诗仙所独有的风采，要不然怎么称为仙呢？喝着美酒，诗人就诗兴大发，开始阐发，在精神上寻求慰藉，“醉后失天地，兀然就孤枕”，并得出“此乐最为甚”的结论。

喝酒，并不会使诗人沉沦，诗中说的基本是旷达乐观的话，但“谁能春独愁”一语，便多少露出诗人内心的失意情绪。用喝酒来自我宽慰，写旷达乐观的诗句，也是来是强自宽慰。当他在痛苦至极的时候发出一声狂笑，其实我们知道，他是寂寞的，他是痛苦的，并且内心是极度的痛苦。在失意愁寂难以排遣的时候，发出醉言“不知有吾身，此乐最为甚”时，那诗人内心应该是达到了痛苦的顶峰。

所以，李白这首写在春分季节的独酌诗，其实是以旷达、欢乐写愁苦，这也是此诗艺术表现的主要特色，也是艺术上的成功之处。

雪中春景——《癸丑春分后雪》

癸丑春分后雪

（宋）**苏轼**

雪入春分省见稀，半开桃李不胜威。
应惭落地梅花识，却作漫天柳絮飞。
不分东君专节物，故将新巧发阴机。
从今造物尤难料，更暖须留御腊衣。

苏轼（1037—1101），字子瞻，又字和仲，号东坡居士，自号道人，世称苏仙。宋代重要的文学家，宋代文学最高成就的代表。其诗题材广阔，清新豪健，善用夸张比喻，独具风格，与黄庭坚并称“苏黄”。词开豪放一派，与辛弃疾同是豪放派代表，并称“苏辛”。有《东坡七集》《东坡易传》《东坡乐府》等。

不得不说，从旅行的角度，苏轼是很多人的偶像，一人走遍祖国江山，也见识到了常人见不到的场景，比如这首诗描写的春分后的大雪。

这是苏轼出任杭州通判时写的一首“感事”诗。其准确的写作时间，应当是宋神宗熙宁六年，即公元 1073 年。这一年的杭州，春分之后居然下了一场大雪，苏轼有感于时令的反常而作。表面上，仅为“春分后雪”而作，但却绝不单单是因为感时，而更主要的则是感事。正因为是感事，所以极具哲理，值得后人玩味。

桃花开在梅花之后，而春分前后，正是将开未开的时节，所以说是“半开”。桃杏虽然争春，但却没有梅花那样耐寒傲雪的骨气，当然经不起这场雪的威猛欺凌。和梅花相比，桃花显然应该感到自己的不足，没有预料到老天还会在春分之后落这么大的雪。看人家梅花，这时候早已开败了，花瓣落地了，即使雪下得再大，那能奈我何？但桃花不行，在这种突然打击之下，桃花只能漫天飘零而落了。这显然是桃花的极大不幸！

这个春风之后的日子，苏轼在雪地沿河行走，由此总结出，造物操纵的阴晴冷暖，变幻无常，难以预料。即使是在已经很暖和了的时候，大家也必须准备着御寒的衣物啊！从今造物尤难料，更暖须留御腊衣。

明朝种树是春分——《春日田家》

春日田家

（清）宋琬

野田黄雀自为群，山叟相过话旧闻。

夜半饭牛呼妇起，明朝种树是春分。

宋琬（1614～1674），清初著名诗人，清朝八大诗家之一。字玉叔，号荔裳，琬诗入杜、韩之室，与施闰章齐名，有“南施北宋”之名，又与严沆、施闰章、丁澎等合称为“燕台七子”，著有《安雅堂集》及《二乡亭词》。

清初著名诗人宋琬的这首诗，描写了春日田家的生活，虽是朴素的春日场景，却具有浓郁的农家气息。

田野里有一群群的黄雀觅食，村中一位老翁经过屋角田边，会向人谈起过去的一些事情。到了晚上喂牛的时候，他会叫醒老伴，商量商量明早种树的事情。

这首诗从田间写起，先写黄雀，后写老翁，再写喂牛，然后写耕种。简单的生活片段，娓娓道来，场景的变换，景物的跳跃，像一组电影镜头，让人目不暇接。就是这样一件件不经意的情景，朴素得让我们以为，他们每年的生活也一样，一天一天的进行下去，构成一幅淡淡的山村风情画，表达了诗人对乡村自在生活的赞美之情。

若是拥有这样的生活，也不错。

清明

二十四节气

4月4至6日

【清明三候】一候桐始华；二候田鼠化为鹌；三候虹始见。

【节气诗词】春城无处不飞花，寒食东风御柳斜。

【节气花信】桐花，麦花，柳花。

第五节 清明

清明，每年的4月4日至6日之间，清明节是我国传统节日，正是春光明媚、草木吐绿的时节，有祭祖、扫墓、踏青的习俗。清明节纪念祖先主要的仪式是扫墓，扫墓是慎终追远、敦亲睦族及怀祖行孝的具体表现。

中国古代将清明分出三候：“一候桐始华；二候田鼠化为鴽；三候虹始见。”意即在这个时节先是白桐花开放，接着，喜阴的田鼠不见了，全回到了地下的洞中，然后是雨后的天空中可以见到彩虹了。

时节雨纷纷，路上行人的忧伤心情——《清明》

清明

（唐）**杜牧**

清明时节雨纷纷，路上行人欲断魂。

借问酒家何处有？牧童遥指杏花村。

杜牧（公元803—公元约852），字牧之，号樊川居士，唐代杰出的诗人、散文家，是宰相杜佑之孙，杜从郁之子。因晚年居长安南樊川别墅，故后世称“杜樊川”，著有《樊川文集》。杜牧的诗歌以七言绝句著称，内容以咏史抒怀为主，其诗英发俊爽，多切经世之物，在晚唐成就颇高。

又是一年春草绿，又是一年清明时。雨纷纷，聆听这一季温柔的雨声；人断魂，沉浸于烟雨朦胧背后一个个独有的故事。

这首诗描写的其实是孤身行路之人的情绪和希望。清明时节，天气多变，有时春光明媚，花红柳绿，有时却细雨纷纷，绵绵不绝。诗人杜牧遇到的这天就是个雨天——清明时节雨纷纷，这场泼火雨，下起来就是纷纷不断，因为清明前两天是寒食节，要禁火三天，这几天下雨称为“泼火雨”。清明节日，照例该家人团聚，一起上坟祭扫，或踏青游春。现在孤身一人在陌生的地方赶路，心里的滋味已不好受，偏偏又淋了雨，衣衫全被打湿，心境就更加凄迷纷乱了。

此情此景，该如何是好？诗人自然想：最好找个酒家，一来歇脚避雨；二来饮酒驱愁。于是他问路了："借问酒家何处有？"路遇的牧童以行动代替语言来回答。顺着他手指的方向望去，只见在一片红杏盛开的树梢，隐隐约约露出了一面招牌。

接下来呢？会有如何的故事呢？诗人戛然而止，余韵邈然，伴着雨，让我们自己去无限美好想象了，这是耐人寻味的结局。

由于这首诗歌太过有名，以至于"杏花村"三字在后世便成了酒家的雅号，也以至于清明给人的印象总是一片湿雨。仿佛有了雨，清明才更能显得出它淡淡悲凉和丝丝忆念的味道来。

春城无处不飞花，轻烟散入五侯家——《寒食》

寒食

（唐）韩翃

春城无处不飞花，寒食东风御柳斜。
日暮汉宫传蜡烛，轻烟散入五侯家。

韩翃（生卒年不详），字君平，是“大历十才子”之一。天宝十三年（公元754年）考中进士，宝应年间在淄青节度使侯希逸幕府中任从事，后随侯希逸回朝，闲居长安十年。建中年间，因作一首《寒食》被唐德宗所赏识，因而被提拔为中书舍人。韩翃的诗笔法轻巧，写景别致，在当时传诵很广泛。著有《韩君平诗集》。

寒食是中国古代一个传统节日，源于纪念晋文公重耳的臣子介子推。当时介子推与晋文公重耳流亡列国，割大腿之肉供文公充饥。文公复国后，介子推不求利禄，与母归隐绵山。文公焚山以求之，介子推坚决不出山，和他的母亲一起抱树而死。文公厚葬修祠，并下令于介子推被焚死之日禁火寒食，以寄哀思。

诗人韩翃的这首《寒食》诗立意高远，充满着皇家气派。寒食之时，春已到来，处处景物宜人，所以，韩翃立足远望，“春城无处不飞花，寒食东风御柳斜。”全城景物，尽在视野。春意浓郁，也笼罩着全城。春风吹遍全城，自然也吹入御苑。苑中垂柳也随风飘动起来了。风是无形无影的，它的存在，只能由花之飞，柳之斜来间接感知。夜晚时分，“轻烟散入”，宛若一幅中官走马传烛图，虽然既未写马也未写人，但那袅袅飘散的轻烟，已经传递出了一切消息，使我们嗅到了那浊烟的气味，使我们听到了那嘚嘚的马蹄。这首诗写得令人读来恍如身历其境，所以从皇帝到一般朝士，都喜爱有加。据唐代孟棨撰写的诗论名著《本事诗》记载，唐德宗十分赏识韩翃的这首诗，阅后，特意赐予他“驾部郎中知制诰”的显职。由诗富贵，韩翃做到了。

梨花风起正清明——《苏堤清明即事》

苏堤清明即事

（宋）吴惟信

梨花风起正清明，游子寻春半出城。

日暮笙歌收拾去，万株杨柳属流莺。

吴惟信，字仲孚，浙江霅川（今浙江吴兴）人，南宋后期诗人。作品多以对景物的精致描述，以抒情。

南宋诗人吴惟信，浙江吴兴人氏，苏堤就在他的家门口，写自己的家乡之事当然拿手了，若是仔细观察，一定会写出不同。所以，这首《苏堤清明即事》对大好春光和游春乐境并未作具体渲染，只是用“梨花”“笙歌”稍作点染，一幅春景图就展现在眼前了。

你看，游人纵情寻春，不但“半出城”，而且“朝而往，暮而归”，痛玩了整整一天，足见西湖胜景令人目不暇接，节日气氛使人流连忘返。再看黄莺恣意狂欢，当人们“笙歌鼎沸，鼓吹喧天”之时，它的世界被“强占”。而当人散，“游人去而禽鸟乐也”，被压抑了一天的黄莺，当它重成了绿林的主人，怎能不欣喜若狂？

不难想象，黄莺匿迹，是因人喧场面的热烈；而它的再现，正说明春意秀色的真正魅力。

纸灰飞作白蝴蝶，泪血染成红杜鹃——《清明》

清明

（宋）**高翥**

南北山头多墓田，清明祭扫各纷然。
纸灰飞作白蝴蝶，泪血染成红杜鹃。
日落狐狸眠冢上，夜归儿女笑灯前。
人生有酒须当醉，一滴何曾到九泉。

高翥（1170～1241），初名公弼，后改名翥。字九万，号菊磵，游荡江湖，是江湖诗派中的重要人物，有“江湖游士”之称。高翥少有奇志，不屑举业，以布衣终身。他游荡江湖，专力于诗，画亦极为出名。

诗人在清明节这一天去祭扫，来到坟墓聚集之地，看到了什么样的场景呢？“南北山头多墓田”，各个山头上都是墓，墓地多，来祭扫的人也就多了——“清明祭扫各纷然”。

等到诗人走到墓地，却看到“纸灰飞作白蝴蝶，泪血染成红杜鹃。”字面上很好说，就是说冥纸成灰，灰飞漫天，好似白色的蝴蝶。相思成泪，泪滴成血，仿佛红色的杜鹃。而诗里显然还蕴含着更深层的含义。我们都知道中国古代美丽的神话中有庄周化蝶、杜鹃啼血，于是，我们知道蝴蝶是沟通阴阳二界的使者，冥纸一烧成蝴蝶是为了沟通，扫墓人还有把眼泪哭干了，这分明就是啼血的思念。

而晚上回到家，孩子们在灯前玩闹嬉戏，他们怎么会知道大人的心酸？怎么会知道生离死别的痛苦？而那么天真无邪的孩子，终归要长大，终究要衰老，终归也要死去，这是多么令人遗憾与神伤。于是，诗人在诗的最后不免总结，也算是表达自己的态度：“人生有酒须当醉，一滴何曾到九泉。”——那就是要及时行乐。《古诗十九首》的民歌高唱过：“人生不满百，常怀千岁忧。昼短苦夜长，何不秉烛游？”唐诗里吟唱过：“今朝有酒今朝醉，明日愁来明日愁”。在宋词中，高翥也率先在吟诵了……

高翥的人生也是这样做的，他终生游荡江湖，专力于诗画。晚年在上林湖畔搭了个草屋，自署“信天巢”，玩乐一声，与湖山长伴，倒是遂了他的心愿。

马穿杨柳嘶，人倚秋千笑
——《清江引·清明日出游》

清江引·清明日出游

（明）王磐

问西楼禁烟何处好？绿野晴天道。马穿杨柳嘶，人倚秋千笑，探莺花总教春醉倒。

王磐（约1470～1530），称为南曲之冠，明代散曲作家、画家，亦通医学。字鸿渐，一生没有作过官，尽情放纵于山水诗画之间，筑楼于城西，终日与文人雅士歌吹吟咏，因自号“西楼”。所作散曲，题材广泛。

明代散曲家王磐曾经当过诸生（古代经考试录取而进入中央、府、州、县各级学校，包括太学学习的生员。生员有增生、附生、廪生、例生等，统称诸生），他嫌拘束就发誓终身不再应举做官，以后的日子他就纵情于山水诗酒。就是这样的人生经历，使得他写出了一个不一样的清明出游。

清明节除了讲究禁火、扫墓之外，还有踏青、荡秋千等体育活动。这是因为清明节要寒食禁火，为了防止寒食冷餐伤身，所以大家来参加一些体育活动，以锻炼身体。因此，这个节日中既有祭扫新坟生别死离的悲酸泪，又有踏青游玩的欢笑声，是一个富有特色的节日。

诗人在节日里看着窗外的春色满园，不禁顿生感慨。然而，凭栏而望却不知哪处风景最佳。最后得知碧绿的原野尽头，便是一处绝妙的游玩胜地。穿过郁郁葱葱的杨柳丛，紧收马缰，马儿一声嘶鸣，抬头望去，佳人斜倚秋千，回眸一笑，连带啼叫的黄莺、漂亮的花朵、灿烂明媚的春光似要将人醉倒。春醉倒，这岂不是最美的清明节日吗？这如花美眷，这似水流年，该有的一切都有了，羡煞人也。

谷雨

二十四节气

4月19至21日

【谷雨三候】一候萍始生，二候鸣鸠拂其羽，三候戴胜降于桑。

【节气诗词】谷雨洗纤素，裁为白牡丹。

【节气花信】牡丹，酴醾，楝花。

第六节

谷雨

谷雨，每年公历4月20日前后，是春季的最后一个节气。俗话说：“雨生百谷”。雨量充足而及时，谷类作物能够茁壮生长。谷雨节气就有这样的含义。

中国古代将谷雨分为三候：“第一候萍始生；第二候鸣鸠拂其羽；第三候为戴胜降于桑。”谷雨后，降雨量增多，浮萍开始生长，接着，布谷鸟便开始提醒人们播种了，然后是桑树上开始见到戴胜鸟。

春眠不觉晓，处处闻啼鸟——《春晓》

春晓

（唐）**孟浩然**

春眠不觉晓，处处闻啼鸟。

夜来风雨声，花落知多少。

孟浩然（689—740），字浩然，号孟山人。是唐代著名的田园隐逸派和山水行旅派诗人，与王维并称为“王孟”。其刚正志高，但仕途坎坷。开元二十五年，张九龄招致幕府，后隐居。孟浩然的诗歌诗中情和景的关系，不仅是彼此衬托，而且常常是水乳交融般的密合；诗的意境，由于剔除了一切不必要、不协调的成分，而显得更加单纯明净，诗的结构也更加完美。

谷雨时节，处处鸟鸣。

诗人隐居鹿门山中，窗外即风景，而且处处是景。在这样的环境中，做出的诗歌岂能不美？诗人先抓住春天早晨刚刚醒来时的一瞬间，展开听觉的描写，捕捉典型的春天气息——那就是屋外处处鸟儿的欢鸣。诗人惜墨如金，仅以一句“处处闻啼鸟”来表现充满活力的春晓景象。

这些鸟儿的欢鸣把懒睡中的诗人唤醒，那屋外岂有不是明媚春光之理？正是这可爱的春晓景象，使诗人很自然地转入更多的联想：昨夜我在睡意蒙眬中曾听到一阵风雨声，现在庭院里盛开的花儿到底被摇落了多少呢？夜里这一阵风雨当然不是疾风暴雨，应是轻风细雨，它把诗人送入香甜的梦乡，把清晨清洗得更加明丽，并不可恨。但是它毕竟要摇落春花，带走春光，因此，“花落知多少”又隐含着诗人对春光流逝的淡淡哀怨以及无限遐想。

伴着花落，听着鸟鸣，华美的春天清晨一直在世人的脑中反复盘旋，令人一醉再醉，这样的好诗要是不在山野熏陶，怎么写得出来？

百花次第开，牡丹最清芬芳——《白牡丹》

白牡丹

（唐）王贞白

谷雨洗纤素，裁为白牡丹。
异香开玉合，轻粉泥银盘。
晓贮露华湿，宵倾月魄寒。
家人淡妆罢，无语倚朱栏。

王贞白（公元875—公元958），字有道，号灵溪，唐末五代十国著名诗人。著有《灵溪集》，其名句“一寸光阴一寸金”，至今民间广为流传。

谷雨，是春天的最后一个节气。历来谷雨一侯牡丹，二侯荼靡，三侯楝花。所以，牡丹花大多在谷雨时节盛开，又称“谷雨花”。我国民间自古就有“谷雨三朝赏牡丹”的习俗，凡有牡丹花之处，皆有仕女游观，也有在夜间垂暮悬灯来宴饮赏花的，称作“花会”。由此，就有很多牡丹诗。

在这一首《白牡丹》中，王贞白描述说，谷雨的雨水洗净了纤细的白色丝绢，春之神用它剪裁出了白色的牡丹花。它是那么芬芳，好像打开贮藏异香的玉盒，它因而亮如同塑成的银盘。陪伴它的是美丽的意境：晨曦清晓，乡野村落，露水低垂。夜间，还有月光肆意照耀。

在此环境之下，白牡丹就像淡淡装束的美人，默默无语依着红色的栏杆。由花及人，拟人化的写法使得牡丹格外精神和诗意。看到这里，你是不是想采一朵白牡丹闻一闻？

闲着中庭栀子花——《雨过山村》

雨过山村

（唐）王建

雨里鸡鸣一两家，竹溪村路板桥斜。

妇姑相唤浴蚕去，闲着中庭栀子花。

王建（生卒年不详），字仲初，唐朝诗人。出身寒微，一生潦倒。其诗题材广泛，生活气息浓厚，思想深刻。善于选择有典型意义的人、事和环境加以艺术概括，集中而形象地反映现实，揭露矛盾。多用比兴、白描、对比等手法，常在结尾以重笔突出主题。体裁多为七言歌行，篇幅短小。语言通俗凝练，富有民歌谣谚色彩。

这真是一首美妙的诗。雨后的早晨，宁静的山村，远远传来了几声鸡叫，沿着曲折的山路前行，伴随着萧萧的竹叶和潺潺的溪水，不知不觉来到了村头的小桥前。

妇女们互相打着招呼，准备一起去选蚕种。谷雨之时，正是养蚕的时候。谚语说："谷雨西厢宜养蚕。"在这淳朴的山村里，妇姑相唤而行，显得多么亲切，作为同一家庭的成员，关系多么和睦，她们彼此招呼，似乎不肯落在他家之后。"相唤浴蚕"的时节，也必有"相唤牛耕"之事，但这里没说，任凭我们去联想，富有诗意。

更有诗意的还在后边，在这个农忙季节，家家户户都在忙着耕作、蚕桑，只有小院里的那些洁白的栀子花才有空闲，静静开放着。栀子花颜色好看，小小的花瓣在翠绿的叶子下衬得洁白如雪，那一大片宁静的白，切入我们的心扉。

王建此诗描写山村景象，从景写到人，从人写到境；农事的繁忙，山村的神韵，皆蕴于一个“闲”字之中，闲情逸致，富有诗情画意。

诗写梅花月，茶煎谷雨春——《谢中上人寄茶》

谢中上人寄茶

（唐）齐己

春山谷雨前，并手摘芳烟。
绿嫩难盈笼，清和易晚天。
且招邻院客，试煮落花泉。
地远劳相寄，无来又隔年。

齐己（863—937），出家前俗名胡德生，晚年自号衡岳沙门，唐朝晚期著名诗僧。

“诗写梅花月，茶煎谷雨春。”谷雨茶，顾名思义，是谷雨时节采制的春茶，又叫“二春茶”。谷雨茶为北方茶，北方的茶经过谷雨的小小滋润，色泽翠绿，嫩芽肥硕，叶质柔软，细嫩清香，而且营养丰富。喜爱香茗的文人雅客有诸多诗句咏之，诗僧齐己此首可谓其中代表。

茶丛中轻雾如烟，不好采摘，而且翠绿鲜嫩的春山野茶素来稀少，采摘一天还未采满筐。尽管谷雨佳茗难得，但诗人还是迫不及待地招来邻院的客人品尝新茶，“试煮落花泉”，颇具诗意，而且兼具山野特色。

齐己还有一首《闻道林诸友尝茶因有寄》曰：

枪旗冉冉绿丛园，谷雨初晴叫杜鹃。
摘带岳华蒸晓露，碾和松粉煮春泉。
高人梦惜藏岩里，白硾封题寄火前。
应念苦吟耽睡起，不堪无过夕阳天。

在春天的茶园里，杜鹃声叫，山泉叮鸣，因为煮茶、吟诗而睡了晚觉，但这都不打紧，把时间花费在这悠闲时光上，浮生若闲，岂不美哉？

谷雨时节，一壶茗茶，可解那万霎的忧愁，心情顿好。若有朋友来，沏一壶细如雀舌的谷雨茶，染上满身清香，这是不是最美的相聚？

谷雨好时节，一切均美好
——《蝶恋花·春涨一篙添水面》

蝶恋花·春涨一篙添水面

（宋）范成大

春涨一篙添水面。芳草鹅儿，绿满微风岸。画舫夷犹湾百转，横塘塔近依前远。

江国多寒农事晚。村北村南，谷雨才耕遍。秀麦连冈桑叶贱，看看尝面收新茧。

似乎那是一种天生的爱恋，蝴蝶生来就是要恋上花的颜色、花的香气，而花生来就是要认识那飞翔着的蝴蝶的。这是看到宋词词牌《蝶恋花》时大多人的想法，蝶绕花丛，处处闲情，读来是否心旌摇曳呢？

范成大这首词写的也是同样的心旌摇曳，苏州田园风光美，春水涨满，一直浸润到岸边的芳草；芳草、鹅儿在微风中活泼泼地抖动、游动，那嫩嫩、和谐的色调，透出了生命的温馨与活力；微风轻轻地吹，吹绿了河岸，吹绿了河水……

“画舫夷犹湾百转，横塘塔近依前远。”画舫即彩船。横塘在苏州西南，是个大塘。江南水乡河渠纵横，湾道也多。诗人乘彩船往横塘方向游去，河道曲折多弯，画舫缓慢行进。看着前方的塔近了，其实还远，富有意境，惹人心扉。

接下来，“江国多寒农事晚。村北村南，谷雨才耕遍。”旱地早已种植遍了，水田要晚一些，这不紧不慢的节奏写出了农事的轻松。“村北村南”耕过的水田，一片连着一片，真是村南村北皆春水，绿遍山原白满川，一派水乡风光展现于我们面前，一望无际。“秀麦连冈桑叶贱，看看尝面收新茧。”将已熟未割的麦穗摘取下来，揉下麦粒炒干研碎，取以尝新，丰收之事，这是农民最为开心的事了。

在谷雨这个时节，一切都显得美好，桑茧也要丰收在望了，更多的喜悦上了我们的眉梢。

立夏

二十四节气

5月5至7日

【立夏三候】一候蝼蝈鸣，二候蚯蚓出，三候王瓜生。

【节气诗词】水晶帘动微风起，满架蔷薇一院香。

第七节

立夏

每年5月5日或5月6日是农历的立夏。“斗指东南，维为立夏，万物至此皆长大，故名立夏也。”立夏表示即将告别春天，是夏日天的开始。

立夏三候：“蝼蝈鸣，蚯蚓出，王瓜生。”在这一节气中，首先可听到蝲蝲（即蝼蛄）在田间的鸣叫声，接着大地上便可以看到蚯蚓掘土，然后王瓜的蔓藤开始快速攀爬生长。人们习惯上都把立夏当作是温度明显升高，炎暑将临，雷雨增多，农作物进入旺季生长的一个重要节气。

水晶帘动微风起，满架蔷薇一院香——《山亭夏日》

山亭夏日

（唐）高骈

绿树阴浓夏日长，楼台倒影入池塘。
水晶帘动微风起，满架蔷薇一院香。

高骈，字千里，南平郡王高崇文之孙，晚唐名将。高骈出生于禁军世家，其一生辉煌之起点为公元866年率军收复交趾，破蛮兵20余万。后历任天平、西川、荆南、镇海、淮南等五镇节度使。期间正值黄巢大起义，高骈多次重创起义军。被唐僖宗任命为诸道行营兵马都统。后来中了黄巢缓兵之计，大将张璘阵亡。高骈由此不敢再战，致使黄巢顺利渡江、攻陷长安。此后至长安收复的三年间，淮南未出一兵一卒救援京师，高骈一生功名毁于一旦。

夏天了，绿叶茂盛，树荫下显得格外清凉，白昼比其他季节要长……在平静的叙述中，晚唐名将高骈的这首《山亭夏日》开始了，绿树阴浓树叶繁茂，立夏之后正午时分烈日炎炎，夏日给人以“夏日长”的感觉。杨万里《闲居初夏午睡起》说，“日长睡起无情思”，就是写的这种情趣。因此，“夏日长”是和“绿树阴浓”放置在一起，意境更深。

夏日午时，骄阳当空，池水之中映出了楼台的倒影，整个水面犹如一挂水晶做成的帘子，被风吹得泛起微波，在荡漾着的水波下则是随之晃动的楼台倒影，非常美妙。正当诗人陶醉于这夏日美景的时候，忽然飘来一阵花香，香气沁人心脾，诗人精神为之一振，原来是“满架蔷薇一院香”。

这夏日特有的生气构成了一幅色彩鲜丽、情调清新的图画，若是看到这样的美景，定会顿觉不热，多几分悠闲自得的心境。

窗下忘怀客，高眠正掩扉
——《四月十三日立夏呈安之》

四月十三日立夏呈安之

（宋）司马光

留春春不住，昨夜的然归。
欢趣何妨少，闲游勿怪稀。
林莺欣有托，丛蝶怅无依。
窗下忘怀客，高眠正掩扉。

司马光（1019—1086），字君实，号迂叟，世称涑水先生，北宋政治家、史学家、文学家。历仕仁宗、英宗、神宗、哲宗四朝，卒赠太师、温国公，谥文正，为人温良谦恭、刚正不阿；做事用功、刻苦勤奋。以“日力不足，继之以夜”自诩，其人格堪称儒学教化下的典范，历来受人景仰。

时光荏苒，季节交替，昨日还乍暖还寒，一夜微风却催走春的身影，夏天的号角已奏鸣，迎来了二十四节气中的立夏。虽然从区域、从气温上讲，立夏并不一定就是夏天的开始。但在我国农历的气节上，就是夏天了。

于是，便有文人骚客的惜春之诗。司马光这首就是杰出的代表，“留春春不住，昨夜的然归。”诗人陆游《立夏前二日作》中同样传递出来依恋的信息——“余春只有二三日，烂醉恨无千百场。”我们在这立夏之日，确实有着一种对春的留恋与对夏的期盼。年复一年，也正是在这留恋中，送去一个又一个的春天，迎来无数个夏日的到来。

不过，也有文人不吝对夏的高歌，如文天祥在《山中立夏用坐客韵》中的“夏气重渊底，春光万象中。”从我国主要粮食作物稻谷的生长周期讲，历来都有春播、秋收之说。在这播、收之间，便是整个的夏。这就是夏天阳光照耀的力量——稻谷最重要的生长期。

所以，到诗歌的最后，夏日慵倦，司马光也会轻吟一声：“窗下忘怀客，高眠正掩扉。”关上门，让万物去生长，自己且去睡个夏日好觉吧。

睡起南窗情思倦，闲看槐荫满亭台——《立夏》

立夏

（宋）**赵友直**

四时天气促相催，一夜薰风带暑来。
陇亩日长蒸翠麦，园林雨过熟黄梅。
莺啼春去愁千缕，蝶恋花残恨几回。
睡起南窗情思倦，闲看槐荫满亭台。

赵友直，宋代诗人、词家。字益之，号兰洲，上虞（今浙江上虞东南）人。度宗咸淳元年（公元 1265 年）与祖必蒸、父良坡同登进士第，授桐川簿、迁知县事。其诗作录于道光本《历朝上虞诗集》中。

在骄阳的照耀下，田野里翠绿的麦穗已开始微微出现泛黄。一阵新雨过后，园林里诱人的黄梅透出阵阵芳香。而枝头已有了黄莺的啼鸣，在花间，依然有彩蝶在无尽地回旋。睡眼惺忪的诗人独倚窗前，静静地注视着槐荫遮掩下的亭台，心却飞到了天外。

午睡起来后感到懒懒的毫无情绪，想看书，可是刚刚翻开又兴致索然，百无聊赖中只能到处去看看，都看到了些什么呢？怕是依然了无兴趣，若情绪有形，怕是看到的都是他自己无穷无尽的闲思吧。

梅子黄时日日晴——《三衢道中》

三衢道中

（宋）**曾几**

梅子黄时日日晴，小溪泛尽却山行。
绿阴不减来时路，添得黄鹂四五声。

曾几（1085—1166），南宋诗人。字吉甫，自号茶山居士。曾几学识渊博，勤于政事。他的学生陆游替他作《墓志铭》，称他“治经学道之余，发于文章，雅正纯粹，而诗尤工。”后人将其列入江西诗派。其诗多属抒情遣兴、唱酬题赠之作，闲雅清淡，对仗自然，气韵舒畅。

曾几是一位旅游爱好者。这首诗是他游浙江衢州三衢山时写的，描写了几多旅途风物，几多新鲜感受。

与大多诗人的惜春不同，曾几以积极的态度迎接了夏天的到来。“梅子黄时”，正是江南梅雨时节，难得有这样“日日晴”的好天气，因此诗人的心情自然也为之一爽，游兴愈浓。诗人乘轻舟泛溪而行，溪尽而兴不尽，于是舍舟登岸，山路步行。一个“却”字，道出了他高涨的游兴。

山路上，夹道绿荫，似乎和不久来时所见没有什么两样，但绿荫丛中，时而传来几声黄鹂的鸣啭，却是来时路上未曾听到过的。本来听见几声鸟鸣是极其平常之事，但一旦和“来时路”的无声无息对比映照，就为本来平常的景物平添了诗趣。

诗人将一次平平常常的行程，用四句话道完，平中见奇，不仅写出了初夏的宜人风光，而且诗人的愉悦情状也栩栩如生，呼之欲出。

南方黄梅时节家家雨——《约客》

约客

（宋）**赵师秀**

黄梅时节家家雨，青草池塘处处蛙。
有约不来过夜半，闲敲棋子落灯花。

赵师秀（1170～1219），字紫芝，号灵秀，亦称灵芝，又号天乐，南宋诗人。赵师秀是“永嘉四灵”中较出色的诗人。诗学姚合、贾岛，尊姚、贾为“二妙”。所编《二妙集》选姚诗121首、贾诗81首。

赵师秀是光宗绍熙元年进士，曾任上元县（今属南京）主簿、筠州（今属四川宜宾）推官。他虽寄身仕宦，但失意消沉，常与僧道同游山水之间。此首就写于游山玩水之中。

诗人开篇用最通俗明白的语言，描绘出乡村初夏最常见的景象：立夏时节，梅雨绵绵，池塘青草，蛙声如鼓。诗人约了友人来下棋，然而，时过夜半，约客未至，诗人静静等候，下意识地拿起桌上的棋子轻轻地敲着，虽然这么小的动静，却也将桌上的灯花震落了。诗人没有因为客人的失约而责备，连一时的孤独和无聊也没有哪怕一点的轻描淡写，我们看到的只有无言的行动，在夜雨迷蒙的背景下，一切反而显得更加悠闲、坦然、平静。感谢这个夜晚的雨，阻隔了客人的脚步，让诗人享受到了这样一个独处的美妙的不眠之夜，让诗人有了这份等待，并且有了这首诗。

读赵师秀的诗，就恍如看到一幅美丽的画面，雨敲在鄰鄰千瓣的瓦片上，由远而近，轻轻重重轻轻，夹着一股股的细流沿瓦槽与屋檐潺潺泄下，各种敲击音与滑音密织成网，而他自己，就是那画中的一部分，偶凭小几，百无聊赖，适见局中棋子，于是顺手拈起，随随便便，漫不经心，信手敲去，心情异常恬静安详。

小满

二十四节气

5月20至22日

【小满三候】第一候苦菜秀；第二候靡草死；第三候小暑至。

【节气诗词】梅子金黄杏子肥，麦花雪白菜花稀。

第八节 小满

小满，在5月21日或22日；表示麦类作物籽粒开始灌浆饱满，但还未成熟，只是小满，还未大满。

我国古代将小满分为三候：“一候苦菜秀，二候靡草死，三候小暑至。”

在诗酒的流年里，共醉一夏天——《渭川田家》

渭川田家

（唐）王维

斜光照墟落，穷巷牛羊归。
野老念牧童，倚杖候荆扉。
雉雊麦苗秀，蚕眠桑叶稀。
田夫荷锄至，相见语依依。
即此羡闲逸，怅然吟式微。

田园生活，其实就在夕阳晚照时映红的村落里，就在放牧归来的牛羊走进的小巷中。老人惦念着放牧的孩子，拄着拐杖，倚着门扉，等着他们回来。野鸡在鸣叫，吃饱了桑叶的蚕也开始渐渐休眠，荷锄归来的农夫们彼此寒暄，悠悠地聊着家常。一切都被夕阳镀上了金色。在这醉人的金色中，诗人体会到一种闲适与安详。

这就是王维的这首诗歌传递的意念。在这美好的景致面前，诗人禁不住羡慕农村生活的悠闲与安逸，在这样的时空里，会让人想起《诗经·式微》中的“式微，胡不归?”，意思就是——天黑了，怎么还不回家?

是啊，为什么还不回家？为什么还不退隐？诗人王维也在这样问自己，一遍又一遍。年轻时，王维好求上进，积极参与政事，并希望得到名人的援引，后经张九龄提拔当了右拾遗。但由于朝廷奸臣当道，王维看破红尘，对朝廷失去了希望，于是半隐半退，内心异常痛苦。为了聊以自救，排遣心中的痛苦，他开始走向山林，领略大自然的绮丽风光，繁华落尽，能够守着恬淡生活固然是好事；但能将这“淡而无味”的生活守到云开雾散、甘之如饴的地步，却并不是件容易事。这需要清净的思想，绝尘的灵魂。

田园诗歌无疑帮了王维很大的忙，他站在世俗的拐角处，用佛学的理念弥合了官与隐之间的缝隙，抒发自己无限的田园乐趣。将自己的情怀放置在山水田园间，呼吸自由的空气，感受生命的真实，这不是一个诗人最应该达到的境界吗？

桑叶正肥蚕食饱——《归田园四时乐春夏二首（其二）》

归田园四时乐春夏二首（其二）

（宋）欧阳修

南风原头吹百草，草木丛深茅舍小。
麦穗初齐稚子娇，桑叶正肥蚕食饱。
老翁但喜岁年熟，饷妇安知时节好。
野棠梨密啼晚莺，海石榴红啭山鸟。
田家此乐知者谁？我独知之归不早。
乞身当及强健时，顾我蹉跎已衰老。

古人将农历四月前后的天气叫作“麦天”，而这样的天气里，氤氲着的麦子将熟之气则为“麦气”，“晴日暖风生麦气，绿阴幽草胜花时”，这股麦香，只有经过小满时节的麦田，才能闻到。而农人早已在这股预言丰收的麦气中，勾画好了丰年的乐景。因为这时候，中国北方冬小麦类的夏熟作物进入了灌浆期，籽粒开始鼓胀饱满，到下一个节气芒种就已经熟透，可以收割了。

让我们的心随着欧阳修的这首《归田园四时乐春夏二首（其二）》诗来感受这田园美景吧：在南风的吹拂下，麦穗晃动着自己的脑袋，树木茂盛，蚕儿正大口大口地吃着又肥又厚的桑叶。树上黄莺啼鸣，林中鸟儿歌唱……

面对此情此景，诗人发出了归隐嫌晚的感叹——我既然看到归隐田园是这么令人神往，然而我知道归隐得太晚了，当身体强健之时就应该隐退的，可是看看现在，岁月蹉跎，自己已经衰老了。不过，对于农家来说，他们仍盼望的是当年的收成如何，为能有个丰收年而高兴，至于田园美景和时节的美好，他们是无暇顾及的。

梅子金黄杏子肥——《夏日田园杂兴（其一）》

夏日田园杂兴（其一）

（宋）**范成大**

梅子金黄杏子肥，麦花雪白菜花稀。
日长篱落无人过，惟有蜻蜓蛱蝶飞。

你有多久没在田园中行走了？微微湿润的空气里，弥漫着让人神清气爽的花香，当你走在花的海洋中时，你一定会陶醉在那花香之中。色彩明丽，五彩缤纷，红的、黄的、蓝的、紫的花随处可见，那些满是高过脚踝的野花，你一伸手就可以摸到，那么多！那么密！那么辽阔！

就是如此，在范成大这首诗中，他就用梅子黄、杏子肥、麦花白、菜花稀，写出了夏季南方农村景物的特点，花如此，还有果。“梅子金黄杏子肥，麦花雪白菜花稀”写出梅黄杏肥，麦白菜稀，色彩鲜丽。接下来，从侧面写出了农民劳动的情况：夏季农事正忙，农人们早出晚归，所以白天很少见到行人。最后，以“惟有蜻蜓蛱蝶飞”来衬托村中的寂静，静中有动，显得更静。寂静如此，田园游赏当然会欢快，那种由此而生的闲适心境，无与伦比。

布谷声叫，树荫片片——《初夏绝句》

初夏绝句

（宋）**陆游**

纷纷红紫已成尘，布谷声中夏令新。

来路桑麻行不尽，始知身是太平人。

山间绿树成荫，稠密枝叶间看不到鸟儿的身影，桑麻地一块连着一块，水稻也在不分昼夜地疯长，路两旁到处绿油油的，看上去生动极了，这是乱世难得的庄稼生长旺景。

这首诗出自南宋著名的爱国诗人陆游之手，他的其他诗作多慷慨悲歌，壮怀激烈。陆游所处的时代，正是我国历史上民族矛盾异常尖锐的时代，北宋亡国，南宋在临安的政权不但不发愤图强，收复失地，反而一味向金人屈膝求和。

然而，此诗却格调清新。前两句写夏景很传神，也很清澈。后两句中，桑麻行不尽，是指作物生长旺盛。“身是太平人”，天下太平，人人都是太平之人。时代混乱，陆游为什么如此说呢？可能是由夏日作物欣欣之景而生此感，也可能是生于乱世而对盛世的期盼，也可能是自然的美景暂时让他忘记了愁烦吧。

这些我们都不得而知，暂时忘掉这一切，让我们陪陆游静静走过这小满节气。

芒种

二十四节气

6月5至7日

【芒种三候】一候螳螂生；二候鹏始鸣；三候反舌无声。

【节气诗词】东风染尽三千顷，折鹭飞来无处停。

第九节

芒种

芒种，在每年6月5日或6日；表示夏收(麦类有芒作物成熟)夏种大忙季节。水稻秧苗嫩绿，一派生机，“东风染尽三千顷，折鹭飞来无处停”。

我国古代将芒种分为三候：“一候螳螂生；二候鹏始鸣；三候反舌无声。”在这一节气中，螳螂在去年深秋产的卵因感受到阴气初生而破壳生出小螳螂；喜阴的伯劳鸟开始在枝头出现，并且感阴而鸣；与此相反，能够学习其他鸟鸣叫的反舌鸟，却因感应到了阴气的出现而停止了鸣叫。

麦熟了，这是我们共同的庄稼——《观刈麦》

观刈麦

（唐）**白居易**

田家少闲月，五月人倍忙。
夜来南风起，小麦覆陇黄。
妇姑荷箪食，童稚携壶浆。
相随饷田去，丁壮在南冈。
足蒸暑土气，背灼炎天光。
力尽不知热，但惜夏日长。
复有贫妇人，抱子在其旁。
右手秉遗穗，左臂悬敝筐。
听其相顾言，闻者为悲伤。
家田输税尽，拾此充饥肠。
今我何功德，曾不事农桑。
吏禄三百石，岁晏有余粮。
念此私自愧，尽日不能忘。

芒种节气，麦熟了，要忙着收麦子了。刈麦，就是割麦的意思。

白居易是一位擅长写叙事诗的艺术巨匠，他这首诗叙事明白，层次清楚，顺理成章。时间正是五月麦收的农忙季节，家家户户异常忙碌，就连闲居在家的女人都要拉着小孩往田里去给正在割麦的家人送饭。青壮年农民在南冈麦田低着头割麦，头上都是汗水，头巾已湿透，背上烈日烘烤，脚下暑气熏蒸，但大家都没有停下来，只是珍惜夏日的白天长能够多干点活，早点收完麦子。至此，一家人辛苦劳碌的情景已经展现出来。

本来是一幅完整的农忙收割图，谁知，白居易手笔一挥，接下来描写了另一种令人心酸的情景：一个贫妇人怀里抱着孩子，手里提着破篮子，在割麦者旁边拾麦。她之所以要来拾麦，是因为她家的田地已经为缴纳官税而卖光了，如今无田可种，无麦可收，只好靠拾麦养活家人。

由此，诗的上半部分描写收割展示辛苦，后半部分通过对拾麦场景的描写来揭示赋税的繁重。繁重的赋税既然已经使贫妇人失掉田地，那就也会使这一家正在割麦的农民失掉田地。这么说来，今日的拾麦者，就是昨日的割麦者；而今日的割麦者，明日也可能成为拾麦者。这种前后对比形成了一种强烈的讽喻意味。

当然，诗人抒发自己对农民的同情，以自己切身的感受，把农民和作为朝廷官员的自己作鲜明对比，就是希望“天子”有所感悟，手法巧妙而委婉，可谓用心良苦，作为官吏可谓难得。

绿树村边合，青山郭外斜——《过故人庄》

过故人庄

（唐）**孟浩然**

故人具鸡黍，邀我至田家。
绿树村边合，青山郭外斜。
开轩面场圃，把酒话桑麻。
待到重阳日，还来就菊花。

在收割的季节里，老朋友准备好了饭菜，便邀请我到他们家做客。朴实的农家坐落在青山绿树之中。整个村子犹如被绿树环抱，郊外的山上苍松翠柏，一片碧绿。打开窗子，映入眼帘的就是谷场和菜园，我和朋友边喝酒，边讨论着家长里短的琐事。宴罢归家，还依依不舍，等到重阳节的时候，再到这里赏菊饮酒，倾诉人生的酸甜苦辣。

孟浩然的这首诗写得很平淡，没有亭台楼阁的典雅，也没有奇花异草的神秘，甚至连山珍野味都没有，“鸡黍”就是烧鸡和米饭，但就是在如此普通的农家小院里，孟浩然却和自己的朋友开怀畅饮，聊着庄稼的收成、农村的生活。窗外是菜园、谷场，还有小孩子在房前屋后跑来跑去，嬉笑欢闹。这是一幅普通的农家景象，但也因为这份朴素，而显得格外动情。

于古于今，这样安详的田园生活，似乎都是人们最美的期盼。

听取蛙声一片——《西江月·夜行黄沙道中》

西江月·夜行黄沙道中

（宋）辛弃疾

明月别枝惊鹊，清风半夜鸣蝉。稻花香里说丰年，听取蛙声一片。

七八个星天外，两三点雨山前。旧时茅店社林边，路转溪桥忽见。

这是辛弃疾少有的开心时刻，就发生在田园之中。当时，词人闲居上饶带湖一代，通过自己夜行黄沙道中的具体感受，描绘着农村芒种时节夏夜的优美景色。

“明月”“清风”与“别枝惊鹊”和“半夜鸣蝉”结合在一起之后，构成了一个声色兼备、动静咸宜的深幽意境。因为夜里的能见度是有限的，这些感受有时还需要靠嗅觉和听觉来捕捉，来感受。夜晚晴朗，夜晚有声，夜晚美景展现在我们眼前，多想去走一趟黄沙道，去闻一闻稻花香，去看一看喜鹊，去看一看明月，去听一听风中蝉鸣，去听一听蛙声一片……

在辛弃疾的笔下，忽然来雨了，夏雨就是来得如此突然，“七八个星天外”，这时，乌云四起，透过云隙可以看到稀疏的星光。“两三点雨山前”，大雨点下来了。是否要快些赶路或寻地避雨？“旧时茅店社林边，路转溪桥忽见。”因为诗人平时经常往来于黄沙道中，明明知道树林旁边有一茅草小店，但此时因为是在夜里，再加上心慌，却忽然不见了。可是，过了小溪上的石桥，再拐个弯，那座旧时相识的茅店便突然出现在眼前，这该叫人多么高兴。

我们也相约去一趟，感受夜晚田园行不行？

那些青碧的秧苗开始播种了
——《梅雨五绝（其二）》

梅雨五绝（其二）

（宋）**范成大**

乙酉甲申雷雨惊，乘除却贺芒种晴。
插秧先插蚤籼稻，少忍数旬蒸米成。

芒种从字面上看，也就是有芒的稻麦可以播种了，其实这时候，在北方，也正是小麦就要收获的时节。旧时这个时节，北方小麦收获青黄相接，而南方不收获就要稍显口粮欠缺，所以，诗人范成大在这首《梅雨五绝（其二）》里说，只需要再忍耐些时日，心中的早籼稻就可以吃上了。在粮囤不太丰盈的旧时，这首诗不知道要给多少人以“口腹”之慰，大有曹操当年“望梅止渴”的意味。透过这样一首诗，似乎看到了亮晃晃的一盏太阳，水田里，水凉凉的，那黝黑的水牛，那弯腰点头插秧的农人，那些青碧的秧苗，依次被安放在水田里……

无限遐想，这是一种无与伦比的美丽。

小荷才露尖尖角，早有蜻蜓立上头——《小池》

小池

（宋）杨万里

泉眼无声惜细流，树阴照水爱晴柔。

小荷才露尖尖角，早有蜻蜓立上头。

杨万里（1127—1206），字廷秀，号诚斋。南宋著名爱国诗人，文学家，与陆游、尤袤、范成大并称“南宋四大家”“中兴四大诗人”，学者称其为“诚斋先生”。他一生作诗20000多首，只有4200首留传下来，被誉为一代诗宗。杨万里诗歌大多描写自然景物，且以此见长，也有不少篇章反映民间疾苦、抒发爱国感情。语言浅近明白，清新自然，富有幽默情趣，被称为“诚斋体”。

你是否见过小荷花的尖尖角初出水面，还没有舒展开来的尖端？这正是芒种季节才能见到的景象。若是没有见过，那就随着杨万里来一起欣赏如此美妙的景观。这首诗小巧、精致，就宛如一幅花草虫鸟彩墨画。

第一句写小池的源泉——一股涓涓细流的泉眼。从洞口流出，没有一丝声响，当然是小之又小的，所以称之“泉眼”。泉眼流出的泉水形成一股细流，更是小而又小了。这本来很寻常，然而，诗人却凭空加一“惜”字，说好像泉眼很爱惜这股细流，吝啬地舍不得多流一点儿。于是这句诗就立刻变得有情有趣起来。紧跟着，树荫在晴朗柔和的风光里，遮住了水面。这也是极平常之事，可诗人加一“爱”字，似乎树荫要用它的阴凉盖住小池，以免水分蒸发而干涸，这样就化无情为有情了。

在这里，诗人化身为一位高明的摄影师，用快镜拍摄了一个妙趣横生的镜头——“小荷才露尖尖角，早有蜻蜓立上头。”时令未到盛夏，荷叶尚未盛放，只是刚刚从水面露出一个尖尖角，而一只小小的蜻蜓无声地站立在尖角之上，这情景，该有多美呀。

蜻蜓站立，水面不惊，这一切都是清新可爱的自然情景，娇俏可怜，让人不忍去破坏这份景致。这些平凡的景物，经过诗人的一番演绎，立刻充满了不平凡之美。

夏至

二十四节气

6月21至22日

【夏至三候】一候鹿角解；二候蝉始鸣；三候半夏生。

【节气诗词】长夏村墟风日清，檐牙燕雀已生成。

第十节 夏至

夏至，每年公历6月21日或22日。夏至这天，太阳直射地面的位置到达一年的最北端，几乎直射北回归线，是北半球一年中白昼最长的一天，南方各地从日出到日没大多为14小时左右。

夏至三候：“夏至到，鹿角解，蝉始鸣，半夏生，木槿荣。”说明这一时节可以开始割鹿角，蝉儿开始鸣叫，半夏、木槿两种植物逐渐繁盛开花。

杨柳青青江水平，最让人动容的遇见
——《竹枝词·杨柳青青江水平》

竹枝词·杨柳青青江水平

（唐）**刘禹锡**

杨柳青青江水平，闻郎岸上踏歌声。
东边日出西边雨，道是无晴却有晴。

刘禹锡（772—842），字梦得，晚年自号庐山人。唐代大儒、哲学家、文学家、诗人，有“诗豪”之称。诗文俱佳，涉猎题材广泛，与柳宗元并称“刘柳”，与韦应物、白居易合称“三杰”，与白居易合称“刘白”，有《陋室铭》《竹枝词》《杨柳枝词》《乌衣巷》等名篇。哲学著作《天论》三篇，论述天的物质性，分析“天命论”产生的根源，具有唯物主义思想。著有《刘梦得文集》，存世有《刘宾客集》。

《竹枝词》是之前巴渝一带的民间歌谣，刘禹锡在任夔州（今属重庆）刺史时，依照这种歌谣的曲调写了十好几首歌词，以本篇最为著名。这首诗以少女口吻，写出少女听到情人歌声时的莫名之情。

夏至时节，江边杨柳，树叶青青，江水平缓地流动，一叶轻舟在江上行驶。在这碧波荡漾的湖面上，年轻的女子忽然听到岸上青年男子在对她唱歌。自古以来，人们就喜欢用歌声来传情，这或者是单方面的，或者是双方之间的。她从歌声获得的印象是，对方虽没有更明确地表示，却似乎还有些情意。这真好像黄梅季节晴雨不定的天气，说是晴天吧，西边还下着雨；说是雨天吧，东边还出着太阳，令人捉摸不定，是无情（晴）还是有情（晴）呢？诗人用谐音双关的手法，把天“晴”和爱“情”这两件不相关的事物巧妙地联系起来，这歌声也就像一块石头投入平静的江水，溅起一圈圈涟漪，也牵动了姑娘的感情波澜。

爱情是难以言说的东西，当它正处在朦胧状态，正处在有情无情之间时，也许是最令人心动的吧？回想起来，真是缥缈如梦。

洛下麦秋月，江南梅雨天
——《和梦得夏至忆苏州呈卢宾客》

和梦得夏至忆苏州呈卢宾客

（唐）**白居易**

忆在苏州日，常谙夏至筵。粽香筒竹嫩，炙脆子鹅鲜。
水国多台榭，吴风尚管弦。每家皆有酒，无处不过船。
交印君相次，褰帷我在前。此乡俱老矣，东望共依然。
洛下麦秋月，江南梅雨天。齐云楼上事，已上十三年。

白居易你忆苏州时看到的是什么？是“日出江花红胜火”的陶醉美景，还是那风流潇洒的醉人往事？苏州古称姑苏，是个人文荟萃的好地方。白居易虽然不是苏州人，但是与苏州结下了不解之缘，那就是作了苏州的长官。

出刺苏州前，白居易的宦情久已消沉，觉得朝政纷纷，没有前景，年龄迈迈，没有意思，谁知江南美景夏日天，处处莺莺燕燕，原先的一介北方离乡客，一朝成了江南守土臣，精神得到空前的提振。于是，白居易对苏州的描写，就变得丰富而富有情感了，这首诗就是这样的应心之作。

他在离任的《别苏州》中说到，“浩浩姑苏民，郁郁长洲城。来惭荷宠命，去愧无能名”。可见，他是不舍得离开的，后来他虽身在洛阳，却万分思念苏州的日子，苏州的香粽，苏州的鲜鹅，苏州的台榭，苏州的管弦，苏州的酒，苏州船，甚至苏州的梅雨天，都是白居易对苏州的追忆。

忆江南，忆江南的美景，更忆江南的人物，何日更重游？什么时候能够再次去重新游玩呢？

欲把西湖比西子，浓妆淡抹总相宜
——《饮湖上初晴后雨（其二）》

饮湖上初晴后雨（其二）

（宋）**苏轼**

水光潋滟晴方好，山色空蒙雨亦奇。
欲把西湖比西子，浓妆淡抹总相宜。

西湖很美，美得令人心醉。从河畔之州到诗书画卷，有多少人在这江南润湿的空气中缓缓走出，一遍遍回味。悠悠的千年中，惹人心尘的西湖到底有何魅力摇曳我们的心思？也许可以从苏轼的这首诗中找到答案。

此诗写于诗人任杭州通判期间的夏至时节。那天，苏轼和朋友在西湖边上饮酒。开始时，天气晴朗朗的，不大工夫竟下起雨来。这样，饮酒未尽，诗人便饱览了西湖上晴和雨两种截然不同的风光。于是诗人赞叹说：晴天的西湖，水上波光荡漾，闪烁耀眼，正好展示着那美丽的风貌；雨天的西湖，山中云雾朦胧，缥缥缈缈，又显出别一番奇妙景致。我们能够读到如此美妙的诗，是不是应该感谢这一场突如其来的雨呢？

在灿烂的阳光照耀下，西湖水波荡漾，波光闪闪，异样美丽。在雨幕笼罩下，西湖周围的群山，迷迷茫茫，若有若无，异常奇妙。“欲把西湖比西子，浓妆淡抹总相宜”，诗人用一个奇妙而又贴切的比喻，写出了西湖的神韵。那就是拿西施来比西湖，二者相似之处太多——一是同在越地；二是同有一个“西”字；三是同样具有婀娜多姿的阴柔之美；四是都具有天然美的姿质，在历史的时空中都惹人心扉，令人神往。

的确如此，这个比喻得到后世的公认，“西子湖”随着苏轼这首诗歌的横空出世，成为西湖的代号，而且是更加充满诗意的名称。

没去过西湖的会以为西湖是什么样子？跟随着苏轼的词曲，跨过第一座拱桥，希望我们可以走进了西湖的雨里。滚滚红尘中的心绪被细雨打湿，低眉顺眼，瞬间不再喧嚣，这岂不是一件美事？

蝶衣晒粉花枝舞——《夏日三首（其一）》

夏日三首（其一）

（宋）张耒

长夏村墟风日清，檐牙燕雀已生成。
蝶衣晒粉花枝舞，蛛网添丝屋角晴。
落落疏帘邀月影，嘈嘈虚枕纳溪声。
久斑两鬓如霜雪，直欲樵渔过此生。

张耒，字文潜，号柯山，北宋文学家，擅长诗词，为“苏门四学士”之一。《全宋词》《全宋诗》中有他的多篇作品。早年游学于陈，学官苏辙重爱，从学于苏轼，苏轼说他的文章类似苏辙，汪洋淡泊。其诗学白居易、张籍，《田家》《海州道中》《输麦行》等名篇多反映下层人民的生活以及自己的生活感受，风格平易晓畅。著有《柯山集》《拾遗》《续拾遗》。

张耒是楚州淮阴（今江苏淮阴）人，本词是诗人罢官闲居乡里之作。

夏日炎热，令人烦躁，难得有清爽的环境，对于久在官场的张耒来说，这是难得的好清静，这其实也正是诗人所孜孜以求的梦境。所以，“长夏村墟风日清”中既有环境的“清”，也有心境的“清”。而幼雀雏燕整天在房檐前鸣叫，似乎寓静于闹。禽鸟之所以能戏闹于屋前，恰恰说明了农村环境的清幽和远离尘世的喧嚣，反衬了一种清幽，一种寂静。蝴蝶晒粉飞舞，蜘蛛添丝补网，当诗人驻足凝视这些光景物态的时候，自然会在心中产生一种幽深宁静之感。这些都是夏日悦目赏心之景致，流露的是诗人对乡村生活的喜爱与向往。

等到了夜晚，月光透“疏帘”而入，溪声也悄悄传至耳边，久久不消，诗人听了一遍又一遍。可见，诗人对这些都是喜爱无比，也表明诗人的心已经与大自然融为了一体，心已清静如洗。到了最后，诗人想要退居村野的念头出现似乎已经水到渠成——自己已经两鬓如霜，也早已厌倦世俗官场，眼前这乡村环境又如此宜人，怎么还会对官场流年往返呢？怎么不勇敢一点归隐山林呢？怎么不让自己跟随内心来达到真正的快意与满足呢？

江南的诗词天空，在南宋晚期，依然让所有的人都迷醉，踏着江南皎洁的月辉，有几多繁华与妩媚。赶不上历代文人的风光快意，只能让自己的内心得到满足，其实，内心的满足，诗人才是真正的快意，我们在南宋的乱世游走，发现竟有众多田园诗词家，无论他是富贵还是穷愁潦倒、一派繁荣，想想他们，隐于山林，写写诗歌，该多么快意啊！

小暑

二十四节气

7月6至8日

【小暑三候】一候温风至；二候蟋蟀居宇；三候鹰始鸷。

【节气诗词】荷风送香气，竹露滴清响。

第十一节 小暑

小暑，为每年公历7月7日或8日，表示天气开始炎热。我国古代将小暑分为三候：“一候温风至；二候蟋蟀居宇；三候鹰始鸷。”

小暑时节，正是萤火虫开始活跃的季节，芦苇下、草丛中都是萤火虫的发祥地，只要有绿草、露水的地方，夜晚便可见到那忽明忽暗的点点白光，就像天上的星星闪闪发光，在徐徐的微风中，伴随着人们度过漫漫长夜。

心闲即清凉——《文殊院避暑》

文殊院避暑

（唐）李群玉

赤日黄埃满世间，松声入耳即心闲。

愿寻五百仙人去，一世清凉住雪山。

李群玉，唐代澧州人。《湖南通志·李群玉传》称其诗“诗笔妍丽，才力遒健”，《全唐诗·李群玉小传》记载，早年杜牧游澧时，劝他参加科举考试，但他“一上而止”。宰相裴休视察湖南，郑重邀请李群玉再作诗词，他“徒步负琴，远至辇下”，进京向皇帝奉献自己的诗歌“三百篇”。唐宣宗“遍览”其诗，称赞“所进诗歌，异常高雅”，并赐以“锦彩器物”，“授弘文馆校书郎”。三年后辞官回归故里，死后追赐进士及第。

李群玉，极有诗才，也极有思想，在他的这首避暑诗中，前半部分，通过比较白天的赤日尘埃和文殊院的松声，强调了内心闲静即可获得清凉的感受。诗歌的后半部分，诗人借用文殊菩萨的故事，来进一步追求这种清凉境界。《文殊师利涅槃经》里写的就是文殊菩萨前往雪山向五百个仙人讲经传教之事，由此可见，这个雪山应该是异常清凉的，是夏日里小暑节气最大的避暑胜地。

在诗人看来，他能将炎热的人世间当作清凉的雪山，也是因为“心闲”，因而把酷暑置之度外了。

散发乘夕凉，开轩卧闲敞——《夏日南亭怀辛大》

夏日南亭怀辛大

（唐）**孟浩然**

山光忽西落，池月渐东上。
散发乘夕凉，开轩卧闲敞。
荷风送香气，竹露滴清响。
欲取鸣琴弹，恨无知音赏。
感此怀故人，中宵劳梦想。

辛大是孟浩然的朋友，排行老大，名字历史上没有记载，但他却因为被写进孟浩然的诗中而永恒。开篇，诗人便写遇景入咏，细细品味却不只是简单写景，同时还写出了诗人的心声。夕阳西下与素月东升，一个是忽然落下，一个是渐渐而起，还是在池上升起来的，意思就是渐渐退热、凉爽慢慢肆意开来，这不是夏日中最快乐的事吗？于是乎，诗人沐浴之后，洞开亭户，“散发”不梳，靠窗而卧，享受这小暑夏夜的美事爽事。

“竹露滴清响”，声音是那样的悦耳清心，紧接着还有音乐——“欲取鸣琴弹”了。琴，这古雅平和的乐器，只宜在恬淡闲适的心境中弹奏。据说古人弹琴，先得沐浴焚香，摒去杂念。而此刻南亭纳凉的诗人，已自然进入这种心境，正宜操琴。“欲取”而未取，舒适而不拟动弹，但想想也自有一番乐趣。不料却由“鸣琴”之想牵惹起一层淡淡的怅惘。因为弹琴要有“知音”，而生出“恨无知音赏”的缺憾，这就自然而然地由水亭纳凉过渡到怀人上来。

怀念好友辛大，此时，诗人是多么希望有朋友在身边，闲话清谈，共度良宵。可人没有到来，诗人也自然会生出无限惆怅……

而在此刻，这种愁绪应该也是一种美，因为诗人希望有梦，可以梦到友人。诗以有情的梦境结束，极有余味。

栩栩如生偷采莲——《池上》

池上

（唐）**白居易**

小娃撑小艇，偷采白莲回。
不解藏踪迹，浮萍一道开。

这是白居易描写小暑时节儿童生活片断的一首诗，整首诗如同大白话，但极富韵味，令人读后忍俊不禁、哑然失笑。

小暑时节，白莲茂盛，小娃娃瞒着大人，偷偷地划着小船去采莲，采到白莲后他极其高兴，兴奋得竟忘记了自己是偷采去的，公然大摇大摆地划着小船跑回家，在湖面上清晰地留下了他划开的一片片浮萍。

有景有色，有行动描写，有心理刻画，细致逼真，富有情趣；而这个小主人公的天真幼稚、活泼淘气的可爱形象，也就栩栩如生跃然纸上了。

盛夏里，直奔佛寺而来——《同苗发慈恩寺避暑》

同苗发慈恩寺避暑

（唐）李端

追凉寻宝刹，畏日望璇题。
卧草同鸳侣，临池似虎溪。
树闲人迹外，山晚鸟行西。
若问无心法，莲花隔淤泥。

李端（生卒年不详），字正已，赵州（今河北赵县）人。少居庐山，师诗僧皎然。其诗多为应酬之作，个别作品对社会现实亦有所反映，一些写闺情的诗也清婉可诵，其风格与司空曙相似。李端是大历十才子之一。今存《李端诗集》三卷。

李端少年时代居住在庐山脚下，后来考中进士，曾任秘书省校书郎、杭州司马。晚年辞官隐居湖南衡山，自号衡岳幽人。从山间到官场，最后又回到山间，对山间是比较熟悉的，所以，在炎热的小暑节气，诗人与好友苗发为了避暑觅凉，就直奔佛寺而来。

夏日炎热，“追”“寻”“望”三字形象的体现诗人畏暑趋凉的神情。到了慈恩寺后，两人在临池的草地树荫下，舒适地躺着乘凉。“鸳侣”是突出二人情谊深厚。“虎溪”这个比喻是说慈恩寺是一个高僧辈出、佛法昌盛的著名圣地。

寺院是个人迹罕至之处，绿树在微风吹拂中显得格外悠闲。夕阳斜下，倦鸟投林，很有“山气日夕佳，飞鸟相与还”的意境，当然是映衬出了诗人恬淡适意的心境。最后，诗人将诗引入佛法，“无心法”是指使心离开妄念的方法。诗人便以如莲花那样不离淤泥、不染淤泥回答了什么是“无心法”——就是说，要不离世间，不染世间。这就是诗人的人生态度。

北轩凉吹开疏竹，卧看青天行白云——《暑中闲咏》

暑中闲咏

（宋）**苏舜钦**

嘉果浮沉酒半醺，床头书册乱纷纷。

北轩凉吹开疏竹，卧看青天行白云。

苏舜钦（1008—1048），北宋词人，字子美。曾任县令、大理评事、集贤殿校理，监进奏院等职位。因支持范仲淹的庆历革新，为守旧派所恨，被御史中丞王拱辰属官劾奏，被罢职闲居苏州。与宋诗“开山祖师”梅尧臣合称“苏梅”。

这是词人苏舜钦表现夏日纳凉的非常闲适的一首诗。暮色四起，而天边还有斜阳的余晖射入眼帘；院子里，瓜果在盛有冰水的容器里浮沉，一望便生凉意。酒喝的恰到好处——半醉。看好的书随便乱扔，十分随意自在。北侧的小屋里凉风吹开疏离的竹枝，吹卷竹帘，天还是青青的，有白云飘荡，多么无拘无束、超凡脱俗。

细品细读，你会发觉这首诗中有几分独属于宋代的风流诗情与画意。

大暑

二十四节气

7月22至24日

【大暑三候】一候腐草为萤；二候土润溽暑；三候大雨时行。

【节气诗词】日盛三伏暑气熏，坐闲两厌是蝇蚊。

第十二节 大暑

大暑，每年的7月23日或24日，是一年中最热的时期，气温最高，农作物生长最快。

我国古代将大暑分为三候：“一候腐草为萤；二候土润溽暑；三候大雨时行。”第一候，萤火虫卵化而出，所以，古人认为萤火虫是腐草变成的；第二候，天气开始变得闷热，土地也很潮湿；第三候，时常有大的雷雨会出现，这大雨使暑湿减弱，天气开始向立秋过渡。

热散由心静——《销夏》

销夏

（唐）白居易

何以销烦暑，端居一院中。
眼前无长物，窗下有清风。
热散由心静，凉生为室空。
此时身自得，难更与人同。

大暑炎热，漫漫长夜，该如何度过呢？诗人白居易认为，端坐院中，清风徐徐，能静心生凉。这诗再明白不过地应了“心静自然凉”的俗语。柳宗元也有《夏昼偶作》：“南州溽暑醉如酒，隐几熟眠开心牖。日午独觉无余声，山童隔竹敲茶臼。”一派悠然自得的避暑之乐。

明朝有个叫宗泐的和尚写过一首叫《暑夜》的诗：“此夜炎蒸不可当，开门高树月苍苍。天河只在南楼上，不借人间一滴凉。”天上凉快，人间要想凉快，怕得靠自己的“心定”了。这和白居易诗中传递出来的意境是相似的。

当然，暑热如此难熬，采取一些避暑措施，效果会更加好，比如曹雪芹在《红楼梦》中说，薛宝钗出一个谜语：“有眼无珠腹内空，荷花出来喜相逢，梧桐叶落分离别，恩爱夫妻不到冬”，谜底即为“竹夫人”。这种竹夫人，采用竹篾编成的圆柱形物，长约一米，中间通空，四周有许多洞孔，弄堂穿风，供人取凉。

这样的避暑听起来趣味十足，古人在家中消夏，洒脱自如，各得其乐。迈开双脚，走出家门，从品味大自然的情状中体会无穷乐趣，也是古人消夏的风雅之举。不管如何，漫长的酷暑夜晚，这样的天，最要紧的事就是消暑，然后心静如水……

避暑，我裸袒青林中——《夏日山中》

夏日山中

（唐）李白

懒摇白羽扇，裸袒青林中。
脱巾挂石壁，露顶洒松风。

“懒摇白羽扇，裸袒青林中。”因为是夏天，所以有“白羽扇”；因为是山中，所以有扇而懒得摇。因为山林中过往的人烟稀少，诗人也才敢于脱去头巾，悠然自得，不拘礼法。袒胸露顶，栖身林下，这些都不为我们耻笑，反而觉得是锦上添花之举，表现了诗仙在山中夏日乘凉的悠闲情趣，也使得生动的夏日消闲图展现在我们的眼前。

一阵阵山风从头上吹过，多么凉爽宜人。

来，卧石绿阴中——《同崔峒补阙慈恩寺避暑》

同崔峒补阙慈恩寺避暑

（唐）**卢纶**

寺凉高树合，卧石绿阴中。
伴鹤惭仙侣，依僧学老翁。
鱼沉荷叶露，鸟散竹林风。
始悟尘居者，应将火宅同。

卢纶（739—799），字允言，大历十才子之一，大历六年，宰相元载举荐，授阌乡尉；后由王缙荐为集贤学士，秘书省校书郎，升监察御史。出为陕府户曹、河南密县令。后元载、王缙获罪，遭到牵连。德宗朝复为昭应令，官至检校户部郎中。有《卢户部诗集》。

慈恩寺隐藏在群林高树之下，在炎热的夏天，散发出诱人的清凉。

诗人卢纶同朋友找到了这里，二人舒适地躺在绿荫覆盖的石条上，逍遥自在。凉爽足了，猛然觉得要是有白鹤相伴，那份悠闲，恐怕连神仙也没法比吧？卢纶因为跟随寺庙里的高僧学习佛法，无意间就多了一样本领——有了几分看破世事的清净。这份心悟，怕是已经超越了神仙的领悟了吧？诗歌接下来更是以景色表达自己心境——平静的水面遍布香远益清的荷花，荷叶上滚动着露珠，鱼在水里自由自在地游动。风吹过竹林，传出悦耳的清音，一群自由自在的鸟飞来，四散而去。全部都是自然、宁静、祥和，如同诗人的禅心，全体现成一派天光。最后，诗人直接切入自己的思想：一是认同尘居如处火宅，无处为安，表达了自己愿意出离的迫切心情；二是尘居与现在的寺院清凉生活统一起来，只要心清净，哪里都是净土——吾心安处即故乡。

此时花满蹊，千朵万朵压枝低——《江畔独步寻花》

江畔独步寻花

（唐）**杜甫**

黄四娘家花满蹊，千朵万朵压枝低。

留连戏蝶时时舞，自在娇莺恰恰啼。

经过长期的颠沛流离生活，诗人杜甫终于有了自己的房子，在成都浣花溪畔，一座草堂成为他的安身之地。盛夏时候，他的心情也变得异常轻快，来到江畔散步、赏花，并写下了这首著名的诗篇。

杜甫的大部分诗歌，都凝结着浓重的哀愁，所以，后世常觉得他“苦大仇深”。倒是这首小诗，笔调轻快流畅，一洗往日的愁怨，夏天的喜悦也在字里行间自然迸发。黄四娘家的小路上开满了缤纷的花朵，千朵万朵的花把树枝压得很低。彩蝶在花间飞舞流连忘返，自由自在的黄莺在娇嫩地啼叫。在这条乡村的小路上，繁花似锦，莺啼蝶舞，有美不胜收的景色，也有诗人轻松愉快的心情。

立秋

二十四节气

8月7至9日

【立秋三候】一候凉风至，二候白露生，三候寒蝉鸣。

【节气诗词】立秋日后无多热，渐觉生衣不著身。

第十三节 立秋

立秋，每年8月8日或9日。“秋”就是指暑去凉来，意味着秋天的开始。到了立秋，梧桐树必定开始落叶，因此，才有“落一叶而知秋”的说法。

我国古代将立秋分为三候：“一候凉风至；二候白露生；三候寒蝉鸣。”凉风至，刮风时人们会感觉到凉爽，此时的风已不同于暑天的热风。白露降，大地上早晨会有雾气产生。寒蝉鸣，秋天感阴而鸣的寒蝉也开始鸣叫。

如雪的双鬓，是坎坷人生最明显的印记
——《立秋前一日览镜》

立秋前一日览镜

（唐）李益

万事销身外，生涯在镜中。
惟将两鬓雪，明日对秋风。

李益（约750—约830），唐代诗人，字君虞。大历四年（769）进士，初任郑县尉，久不得升迁，建中四年（783）登书判拔萃科。因仕途失意，后弃官在燕赵一带漫游。以边塞诗作名世，擅长绝句，尤其工于七绝。

如雪的双鬓，是坎坷人生最明显的印记。秋未至而人已衰，锦瑟华年尚无所作为，又该如何以残躯去面对风刀霜剑呢？在这变幻的人生里，岁月是我们最大的敌人，它打败了我们最初的梦想，抢走了我们想要的所有。

这就是一个失意诗人的喟叹。失志不遇的悲哀，莫过于年华蹉跎而志业无成，乃至无望。如果认定无望，反而转向超脱，看破红尘。诗人多少感喟，尽在不语中。

立秋时节照镜子，不言而喻，有悲秋的意味。诗人看见自己两鬓花白如雪，苍老了。但他不惊不悲，而是平静淡漠，甚至有点调侃自嘲。镜中的面容，毕竟只表现过去的经历，是已知的体验。他觉得自己活着，这就够了，身外一切往事都可以一笔勾销，无须多想，不必烦恼，就让它留在镜子里。但是，镜外的诗人要面对第二天，走向前途，不知该怎么办。明日如何面对这秋风，如何去面对这惨淡的人生？

其实，诗人和我们一样明了，即使无望，明天依然会到来，明知无望，却仍抱希望，依旧奔波仕途，甘受沦落苦楚。这是大多数士子共同的期盼与命运。

立秋日后无多热，渐觉生衣不著身——《秋日后》

秋日后

（唐）王建

住处近山常足雨，闻晴晒曝旧芳茵。

立秋日后无多热，渐觉生衣不著身。

“一场秋雨一场寒。”不像立春，说起来让人心花怒放。说到立秋，总会让人觉得伤感苍凉，在历朝历代诗人心中，秋是萧瑟、凄凉、衰败的代名词，节令之秋往往喻示着人生之秋、心情之秋，很多诗人都借景抒情，留下了不少悲秋之作。但唐代诗人王建写了一首比较小清新的秋日诗，别出心裁。

王建写了大量的乐府，同情百姓疾苦，又写过宫词百首，在传统的宫怨之外，还广泛地描绘宫中风物，此首就是代表。在立秋之后，长安酷热的情况就渐渐好多了，王建写下了自己的感受。生衣就是夏衣。夏衣在立秋后的夜晚已不胜其寒，成为“早上立了秋，晚上凉飕飕”的来源之处。

多少绿荷相倚恨，一时回首背西风
——《齐安郡中偶题（其一）》

齐安郡中偶题（其一）

（唐）**杜牧**

两竿落日溪桥上，半缕轻烟柳影中。
多少绿荷相倚恨，一时回首背西风。

一卷摊开唐朝风雨，纵横捭阖，其间，斑驳陆离的影，一地英华。满眼风物，延绵不绝，你最爱谁？也许杜牧是其中的一个。在此诗中，杜牧写的是立秋后的荷叶。

太阳将落未落之际，在我们眼前展开的这幅画中的光线和亮度是柔和宜目的。诗人行吟之际，既非漫步岸边，也非泛舟溪面，而是溪桥上。站在这里，他远眺岸上柳影、俯视水上绿荷。

“半缕轻烟柳影中”，溪桥上所见，是岸柳含烟之景。此时，日已西斜，岸柳才会含烟；又因落日竟还有两竿之高，就不可能是朦胧弥漫的一片浓烟，只可能是若有若无的“半缕轻烟”；而且，这“半缕轻烟”不可能浮现在日光照到之处，只可能飘荡在“柳影”笼罩之中。

诗人描写落日下的烟柳之景，令人感到画面的景色不是那么明快，而是略带暗淡的；诗篇的情调不是那么开朗，而是略带感伤的。

“多少绿荷相倚恨，一时回首背西风”。我们都知道，风荷原本无情，不应有恨。风荷之恨是从诗人的心目中呈现的。诗人把自己的感情贯注到无生命的风荷之中，带着自己感情色彩去看风荷“相倚”“回首”之状，觉得它们似若有情，心怀恨事，因而把对外界物态的描摹与自我内情的表露，不期而然地融合为一。在这里，诗人表面上写的是绿荷之恨，实则物中见我，写的是诗人之恨。

命运常常残忍而苦闷。雨落青丝，滑落脸庞，让我们看见岁月的刺痛。联系杜牧的遭遇来看，这首诗所表现的就是这样一种芳时不再、美人迟暮之恨。杜牧是一个有政治抱负和主张的人，而不幸生在唐王朝的没落时期，平生志事，百无一酬，这时又受到排挤，出为外官，满怀壮志难酬的隐痛，所以在他的眼底、笔下，连眼前无情的绿荷，也仿佛充满哀愁了。

在现实面前，文人永远都显得那么脆弱，在时光的面前，诗人唯将它化成伤感的回忆，当一切都“零落成泥碾作尘”，唯有诗歌，香如故。

一枕新凉一扇风——《立秋》

立秋

（宋）刘翰

乳鸦啼散玉屏空，一枕新凉一扇风。
睡起秋声无觅处，满阶梧桐月明中。

刘翰，字武子（一说武之），光宗绍熙中前后在世。曾为高宗宪圣吴皇后侄吴益子琚门客，有诗词投呈张孝祥、范成大。久客临安，迄以布衣终身。

一枕新凉，是睡觉时刮来阵阵凉爽的秋风，给人一种清新的感觉，就像有人在床边用扇子扇一样。诗人善于选择秋天特有的景物来渲染秋天的气氛。小乌鸦啼叫着散去了，玉色屏风显得更加寂静冷清；深夜，萧瑟的秋声不断从外面传来，可是醒来却没处寻找；只见落满台阶的梧桐叶沐浴在朗朗的月光中，令人顿生惆怅。到了立秋，梧桐树必定开始落叶，因此，有“落一叶而知秋”的成语。

唐代诗人就有“听雨寒更尽，开门落叶深”的诗句，刘翰在这首诗中也是运用了这一经典的意象。此诗精髓全在一个“寻”字。写一种朦朦胧胧、惆怅无奈的情态，前两句似乎清醒地感到秋天已经来了，后两句要寻却寻不着，于寻不着之中意外地见到满阶明月这一秋夜景色。字里行间，到处流露出空荡、凄清之意。

处暑

二十四节气

8月22至24日

【处暑三候】一候鹰乃祭鸟；二候天地始肃；三候禾乃登。

【节气诗词】不觉初秋夜渐长，清风习习重凄凉。

第十四节 处暑

处暑，在8月23日或24日，“处”是终止、躲藏的意思。顾名思义，处暑是表示炎热的暑天结束。此后，我国长江以北地区气温逐渐下降。

我国古代将处暑分为三候：“一候鹰乃祭鸟；二候天地始肃；三候禾乃登。”处暑之后，老鹰开始大量捕猎鸟类，天地间万物开始凋零。“禾乃登”的“禾”指的是黍、稷、稻、粱类农作物的总称，“登”即成熟的意思。

快走踏清秋——《马》

马

（唐）李贺

大漠沙如雪，燕山月似钩。

何当金络脑，快走踏清秋。

李贺（约公元 791—约 817），字长吉，家居福昌昌谷，后世称李昌谷，是唐宗室郑王李亮后裔，有“诗鬼”之称，是中唐到晚唐诗风转变期的一个代表者。李贺是中唐的浪漫主义诗人，与李白、李商隐称为唐代三李。他所写的诗大多是慨叹生不逢时和内心苦闷，抒发对理想、抱负的追求，对当时藩镇割据、宦官专权和人民所受的残酷剥削均有所反映，并留下了“黑云压城城欲摧”“雄鸡一声天下白”“天若有情天亦老”等千古佳句。

诗鬼李贺，写诗擅用绮丽的想象。本诗前两句就展现出一片富于特色的边疆战场景色，乍看奇异：连绵的燕山山岭上，一弯明月当空；平沙万里，像在月光下铺上一层白皑皑的霜雪。这幅战场景色，一般人也许只觉悲凉肃杀，但对于志在报国的勇士却有异乎寻常的吸引力。然后，从明晃晃的月牙联想到武器的形象，也就自然包含了思战之意。诗人所处的贞元、元和之际，正是藩镇极为跋扈的时代，而“燕山”所在的幽州蓟门一带又是藩镇肆虐为时最久、为祸最烈的地带，所以，诗意是颇有现实感的。而思战之意也有针对性，平沙如雪的疆场寒气凛凛，但它是英雄用武之地。然后，“何当金络脑，快走踏清秋”，借马以抒情：什么时候才能披上威武的鞍具，在秋高气爽的疆场上驰骋、建树功勋呢？显然，这是诗人热望建功立业而又不被赏识所发出的不尽哀鸣。

天阶夜色凉如水——《秋夕》

秋夕

（唐）**杜牧**

银烛秋光冷画屏，轻罗小扇扑流萤。
天阶夜色凉如水，卧看牵牛织女星。

俗语说，“处暑寒来。”暑气消退之后，天气就逐渐寒凉了，尤其是到了夜晚，这种感觉会更加明显。所以，杜牧在诗中说“天阶夜色凉如水”。

《秋夕》就在杜牧的笔下延展开来，形成一幅深宫生活的图景，处暑之后的晚上，白色的蜡烛发出微弱的光，给屏风上的图画添了几分暗淡而幽冷的色调。这时，一个孤单的宫女正用小扇扑打着飞来飞去的萤火虫，由此可以想见她的寂寞和无聊。这首诗呈现的虽然只是一个小场景，但很有意境。

全诗未有一句抒情之话，但宫女的哀怨与期望交织的复杂心情随景物一一流露，可见杜牧写法高超。

不觉初秋夜渐长，清风习习重凄凉——《初秋》

初秋

（唐）**孟浩然**

不觉初秋夜渐长，清风习习重凄凉。

炎炎暑退茅斋静，阶下丛莎有露光。

孟浩然一首初秋诗，把我们带进了清风习习的浅秋。这首诗让我们在感受诗人平和心境的同时，也让我们感受到了浅秋的魅力无限。

不知不觉进入初秋，夜晚变得更长了，清风徐徐使凄凉之感越来越浓，夏虫已不再叫了，该看书的时候就在书斋里安静地看书，该散步的时候就在附近游走，台阶下的草丛中闪现着露水的光华。浅秋如歌，它是岁月落下的最轻最浅的一笔，却无意中勾勒出心底那一缕久违的纯净。

诗歌描摹初秋景象，所写均是寻常所见，却有无限韵味深含其中，诗人静静享受大自然的灵动变化，感觉着世界的奇妙虚幻，在诗人的心中，流动着的是对生活的热爱与满足。

洛阳城里见秋风——《秋思》

秋思

（唐）**张籍**

洛阳城里见秋风，欲作家书意万重。
复恐匆匆说不尽，行人临发又开封。

张籍（约766—约830），字文昌，唐代诗人，世称“张水部”“张司业”。张籍为韩门大弟子，其乐府诗与王建齐名，并称“张王乐府”，著名诗篇有《塞下曲》《征妇怨》《采莲曲》《江南曲》《秋思》等。

张籍的《秋思》通过叙述写信前后的心境，写的都是满满的乡愁，乡愁之深，也许只有像张籍这样的资深游子才能写出。我们来看，第一句交代“作家书”的原因——见秋风起，然后，用后三句来描写作书前、作书后的心理活动。作书前是“意万重”，作书后是“复恐说不尽”，而“临发又开封”这个细节则把“复恐说不尽”的心态再次表现得栩栩如生。

张籍写的是人人意中常有之事，却非人人所能道出。作客他乡，见秋风而思故里，托便人捎信。临走时怕遗漏了什么，又连忙打开看了几遍。这事太平常，平常得容易让人忽略掉，而一经入诗，特别是一经张籍这样的高手入诗，便臻妙境。这在诗坛上并不是常有的。当然，以家书为题材的诗词，在唐诗中也不乏佳作。像岑参的《逢入京使》：“马上相逢无纸笔，凭君传语报平安。”写诗人戎马倥偬，路遇使者，托传口信以慰家人。杜甫的《春望》：“烽火连三月，家书抵万金。”写诗人身陷安禄山占领下的长安，不知战乱中的家人是否安吉，切盼来书以慰远情。他们都用独特的技巧表达了思家的心情。这首诗与众不同的是寄深沉于浅淡，寓曲折于平缓，乍看起来，寥寥数语，细细吟味，却有无穷意味。

家书“说不尽”，对家的思念也说不尽，这诗歌的美妙也说不尽……

金戈铁马，千秋佳话——《渔家傲·秋思》

渔家傲·秋思

（宋）范仲淹

塞下秋来风景异，衡阳雁去无留意。四面边声连角起。千嶂里，长烟落日孤城闭。

浊酒一杯家万里，燕然未勒归无计。羌管悠悠霜满地。人不寐，将军白发征夫泪。

范仲淹（989—1052），字希文，北宋著名的思想家、政治家、军事家、文学家。范仲淹政绩卓著，文学成就突出，他倡导的“先天下之忧而忧，后天下之乐而乐”思想和仁人志士节操，对后世影响深远。

翻开千年前北宋戍边的画卷，塞外秋风萧瑟，寒风凛冽，南归的大雁已无一点留恋，荒凉的边塞带着令人心悸的战马嘶鸣，混合着异域特有的少数民族的笳声、歌声、风沙声，更有连连的号角，时时召唤军中战士跃向杀敌的疆场。偏又是在秋意融融的月圆之时，长期征战的将士，背对孤烟落日的营盘，杯杯浊酒遥寄家乡，情诉冷月：强敌未灭，何以归家。这样的情感，其实在各个时期都曾得见，男儿大丈夫，虽是一腔柔情，却也有踏破贺兰山阙、不破胡虏誓不还家的志向……清明澄澈的天地宇宙，浩浩荡荡地涤荡了无数的故事。范仲淹《渔家傲》中的故事会被永远铭记。

夏天结束，秋天到来。秋来风景异，雁去无留意，是借雁去衡阳回雁峰的典故，来反映人在塞外的思归之情。思归不是因为厌弃边塞生活，不顾国家安危。而是边防凄厉的号角声以及周遭的狼嗥风啸声，令人心寒。更奈何日落千嶂，长烟锁山，孤城紧闭，此情此景甚是令人怀念故乡的温馨。人非草木，孰能无情。一个长期戍边的老将，惦念亲人和家乡也是很自然的。“千嶂里，长烟落日孤城闭”，抬眼望去，眼前是一派壮阔苍茫的边塞黄昏景致。

“浊酒一杯家万里，燕然未勒归无计”，浊酒本是乳白色的米酒，这里也暗喻心情重浊。因为思归又不能归以致心情重浊。在这矛盾的心绪下，远方羌笛悠悠，搅得征夫们难以入梦，不能不苦思着万里之遥的家乡，而家乡的亲人可能也在盼望白发人。“人不寐，将军白发征夫泪”，这是怎样一种深沉忧国爱国的复杂感情啊。

这首《渔家傲》不是令人消沉斗志之词，它真实地表现了戍边将士思念故乡但更热爱祖国、矢志保卫祖国的真情。范仲淹曾在《岳阳楼记》一文中，倡导“先天下之忧而忧，后天下之乐而乐”的崇高精神。词中的白发老将军，正是这种崇高精神的生动写照，留下金戈铁马年代的千秋佳话。

白露

二十四节气

9月7至9日

【白露三候】一候鸿雁来，二候玄鸟归，三候群鸟养羞。

【节气诗词】始出严霜结，今来白露晞。

第十五节 白露

每年公历的9月7日前后是白露。白露是九月的第一个节气。到了白露，阴气逐渐加重，清晨的露水随之日益加厚，凝结成一层白白的水滴，所以就称之为白露。因此，白露实际上是表征天气已经转凉。

我国古代将白露分为三候：“一候鸿雁来；二候玄鸟归；三候群鸟养羞。”还有句俗话：“白露白迷迷，秋分稻秀齐。”意思是说，白露前后若有露，则晚稻将有好收成。

蒹葭苍苍，白露为霜——《诗经·蒹葭》

诗经·蒹葭

（先秦）佚名

蒹葭苍苍，白露为霜。所谓伊人，在水一方。
溯洄从之，道阻且长。溯游从之，宛在水中央。
蒹葭萋萋，白露未晞。所谓伊人，在水之湄。
溯洄从之，道阻且跻。溯游从之，宛在水中坻。
蒹葭采采，白露未已。所谓伊人，在水之涘。
溯洄从之，道阻且右。溯游从之，宛在水中沚。

《诗经》中的这首诗很有名，“蒹葭苍苍，白露为霜。所谓伊人，在水一方。”以蒹葭起兴，展现一幅河上秋色图：深秋清晨，秋水森森，芦苇苍苍，露水盈盈，晶莹似霜。这境界，是在清虚寂寥之中略带凄凉哀婉的色彩，因而对诗中所抒写的执着追求、可望难即的爱情，起到了很好的气氛渲染和心境烘托作用。

然后，主人公在河畔徜徉，凝望追寻河对岸的伊人。这伊人是他日夜思念的意中人。“在水一方”是隔绝不通，意味着追求艰难，造成的是一种可望而不可即的境界。主人公虽望穿秋水、执着追求，但伊人都缥缈阻隔。可望难及，故而诗句中荡漾着无可奈何的心绪和空虚惆怅的情致。

“溯洄从之，道阻且长”，追寻伊人的路途艰难险阻无穷，征途漫漫无尽，示意终不可达也。“溯游从之，宛在水中央”，而且伊人时时宛在，然而终不可近也。从“白露为霜”到“白露未晞”再到“白露未已”，这是时间的推移，象征着抒情主人公凝望追寻时间之长；从“在水一方”，到“在水之湄”，再到“在水之涘”，从“宛在水中央”，到“宛在水中坻”，再到“宛在水中沚”，这是地点的转换，象征着伊人的缥缈难寻；从“道阻且长”，到“道阻且跻”，再到“道阻且右”，则是反复渲染追寻过程的艰难，以凸现抒情主人公坚执不已的精神。

但伊人总是若隐若现，不可求之，苍苍凄凄，意境幽远。最后呢？我们总希望最后有个圆满的结局，但，这也只是我们的希望而已。

今来白露晞——《情诗》

情诗

（三国·魏）**曹植**

微阴翳阳景，清风飘我衣。
游鱼潜渌水，翔鸟薄天飞。
眇眇客行士，徭役不得归。
始出严霜结，今来白露晞。
游者叹黍离，处者歌式微。
慷慨对嘉宾，凄怆内伤悲。

曹植（192—232），字子建，是曹操与武宣卞皇后所生第三子，生前曾为陈王，去世后谥号“思”，因此又称陈思王。曹植是三国时期曹魏著名文学家，建安文学的代表人物。其代表作有《洛神赋》《白马篇》《七哀诗》等。其诗以笔力雄健和词采画眉见长，留有集三十卷，已佚，今存《曹子建集》为宋人所编。曹植的散文同样也具有“情兼雅怨，体被文质”的特色，加上其品种的丰富多样，使他在这方面也取得了卓越的成就。

诗人因景感怀，发为浩叹。曹植贵为魏国陈王，但他生活在战乱频繁的时代，对民生疾苦有一定的了解和体察。诗中“游者”“处者”两句，运用典故，映照出时代的动荡，男女之怨旷。游者，指役夫。黍离，指《诗经·黍离》篇，是一首哀伤宗周覆灭诗。这里取其感伤乱离、行役不已的意思。处者，指役夫家中的亲人。式微，指《诗经·式微》篇，是一首念家劝归的诗歌。曹植在诗中运用多个《诗经》中的典故，将历史与现实交织在一起，深化了人民在封建徭役制度重压下痛苦不安的悲剧，正如唐人王昌龄《从军行》叹当时边关征戍不断时所咏："秦时明月汉时关，万里长征人未还。"由秦汉联想到唐代征戍之事，一种深沉的历史感油然而生。

诗人悲天悯人式的同情心，不言而喻。但在曹植的笔下，景物是精妙的，音节是铿锵的，意象是生动的，诗中"游鱼潜渌水，翔鸟薄天飞"两句，色彩鲜明，境界开阔，用词精辟，是我们引为激赏的名句。鱼、鸟形象的捕捉，渌水蓝天的空间幅度，鱼"潜"鸟"薄"静动映衬，在诗意的提炼上都达到了自然流动、了无痕迹的境界。鱼儿安然地潜游于渌水之中，鸟儿自由地翱翔于九霄之外，安然无惊、自由畅朗的图景，不但反衬出役夫身不由已的可悲命运，同时也是诗人处在动辄得咎的政治逆境中身心备受压抑时对自由的一种憧憬。

他有自由吗？有的其实只是同情与哀伤。

夜深，秋深，怨深——《相和歌辞·玉阶怨》

相和歌辞·玉阶怨

（唐）李白

玉阶生白露，夜久侵罗袜。
却下水精帘，玲珑望秋月。

李白的这首宫怨诗，虽曲名标有“怨”字，诗作中却只是背面敷粉，全不见“怨”字。独立玉砌，以致冰凉的露水浸湿罗袜，足以见夜色之浓、伫待之久、怨情之深。“罗袜”，表现出人的仪态、身份，有人有神。夜凉露重，罗袜知寒，不说人而已见人的幽怨如诉。

怨深，夜深，主人公不禁幽独之苦，由帘外到帘内，拉下帘幕之后，反又不忍使明月孤寂。似月怜人，似人怜月；而如果人不伴月，则又没有什么事物可以伴人。月无言，人也无言。但我们却深知人有无限言语，月也解此无限言语，而写来却只是一味望月。这正是“不怨之怨”，所以才显得愁怨之深。

怨什么呢？诗人没有说，为我们保留想象的余地，使诗情无限辽远，无限幽深。

露从今夜白，月是故乡明——《月夜忆舍弟》

月夜忆舍弟

（唐）**杜甫**

戍鼓断人行，边秋一雁声。
露从今夜白，月是故乡明。
有弟皆分散，无家问死生。
寄书长不达，况乃未休兵。

在这首诗里，杜甫不从月夜写起，而是首先描绘了一幅边塞秋天的图景：“戍鼓断人行，边秋一雁声。”耳目所及皆是一片凄凉景象。沉重单调的更鼓和天边孤雁的叫声不仅没有带来一丝活气，反而使本来就荒凉不堪的边塞显得更加冷落沉寂。此时，战事仍然频繁、激烈，道路为之阻隔。

这是在白露节的一个夜晚，清露盈盈，令人顿生寒意。“月是故乡明”，明明是普天之下共一轮明月，本无差别，为什么偏要说故乡的月亮最明？也许是诗人这时候会对故乡开始了思念吧。

在思念故乡之人的时候，免不了想到自己的弟兄，“有弟皆分散，无家问死生”，唉，如今弟兄离散，天各一方；家已不存，生死难卜，这就是安史之乱中人民饱经忧患丧乱的普遍遭遇。是啊，今时今日，亲人们四处流散，平时寄书尚且常常不达，更何况战事频仍，生死茫茫，当更难预料。含蓄蕴藉，一结无限深情。

寒蝉凄切——《雨霖铃·寒蝉凄切》

雨霖铃·寒蝉凄切

（宋）**柳永**

寒蝉凄切，对长亭晚。骤雨初歇，都门帐饮无绪，方留恋处，兰舟催发。执手相看泪眼，竟无语凝噎。念去去，千里烟波，暮霭沉沉楚天阔。

多情自古伤离别，更那堪，冷落清秋节。今宵酒醒何处？杨柳岸，晓风残月。此去经年，应是良辰好景虚设。便纵有千种风情，待与何人说！

柳永（约984—约1053），原名柳三变，字景庄，后改名柳永，字耆卿，因排行第七，又称柳七，北宋著名词人，婉约派代表人物。柳永是第一位对宋词进行全面革新的词人，也是两宋词坛上创用词调最多的词人。柳永大力创作慢词，将敷陈其事的赋法移植于词，同时，充分运用俚词俗语，以适俗的意象、淋漓尽致的铺叙、平淡无华的白描等独特的艺术个性，对宋词的发展产生了深远影响。

《礼记·月令》中说："白露降，寒蝉鸣。"白露一到，寒蝉凄切。残阳映照，画柳烟桥边，执子之手，离愁万种。情到深处，却依然要含蓄隐忍片刻，无语凝噎，千叮万嘱，含情脉脉，话不尽的依依别情，留恋处，兰舟时时催发。

柳永此首《雨霖铃》表现词人离开开封南下时长亭送别的情景。"今宵酒醒何处”，词人虽然“无绪”却仍借酒浇愁以致沉醉；“杨柳岸”和“晓风残月”都是极易触动离愁的意象，创造出一个凄清冷落的怀人境界。接下来，词人由“今宵”想到“经年”，由“千里烟波”想到“千种风情”，由“无语凝噎”想到“更与何人说”，回环往复又一气贯注地抒写了“相见时难别亦难”的不尽愁思。这一系列的告别过程，犹如一首带有故事性的剧曲，展示了令人伤心惨目的一幕。

看看双方有多伤心，彼此有多依恋，缠缠绵绵到天涯，写不尽离别情。

秋分

二十四节气

9月22至24日

【秋分三候】一候雷始收声；二候蛰虫坯户；三候水始涸。

【节气诗词】秋风清，秋月明，落叶聚还散，寒鸦栖复惊。

第十六节

秋分

每年的9月22或23日为秋分。太阳在这一天到达黄经180度，直射地球赤道，因此这一天24小时昼夜均分，各12小时；全球无极昼极夜现象。从秋分开始，白天比晚上短。

我国古代将秋分分为三候：“一候雷始收声；二候蛰虫坯户；三候水始涸”。古人认为，雷是因为阳气盛而发声，秋分后阴气开始旺盛，所以不再打雷了。第二候中，由于天气变冷，蛰居的小虫开始藏人穴中，并且用细土将洞口封起来以防寒气侵入。到了第三候，降雨量开始减少，由于天气干燥，水气蒸发快，所以，湖泊与河流中的水量变少，一些沼泽及水洼处便处于干涸之中。

巴山夜雨涨秋池——《夜雨寄北》

夜雨寄北

（唐）李商隐

君问归期未有期，巴山夜雨涨秋池。

何当共剪西窗烛，却话巴山夜雨时。

雨本无情，却化作了引发人们怅然和思念的媒介，李商隐在他这首著名的《夜雨寄北》中，用雨传递他满是痛苦的情思。

此诗是诗人写给远在北方的妻子的。当时诗人被秋雨阻隔，滞留荆巴一带，妻子从家中寄来书信，询问归期。但秋雨连绵，交通中断，无法确定，所以回答说：君问归期未有期。这一句有问有答，跌宕有致，流露出诗人留滞异乡、归期未卜的羁旅之愁。诗人与夫人王氏伉俪情深，时刻盼望能速归故里，与妻子共坐西窗之下，剪去烛花，深夜畅谈。而此时，却只能苦苦思念。诗只有四句，却情景交融，虚实相生，既包含空间的反复对照，又体现时间的回环跳跃。“何当”为设想之词，设想由实景而生，所以第二句中的巴山夜雨成为设想中回忆的话题，自然成为“却话巴山夜雨时”这样的巧妙诗句。

一波三折，含蓄深婉地衬托了与妻子隔山望水的深情。李商隐因诗闻名，也因那些讽喻时政的诗歌而被贬官。宦海沉浮，能够有妻子同喜同忧，快乐可以加倍，愁苦可以分担，人生还有什么更多的奢求呢。在他的眼中，那些甘苦与共的岁月、相濡以沫的支撑，是人世沧桑中最宝贵的一份真情。

秋风、秋月，不如不遇倾城色
——《秋风词·秋风清》

秋风词·秋风清

（唐）**李白**

秋风清，秋月明，落叶聚还散，寒鸦栖复惊。相思相见知何日？此时此夜难为情！

入我相思门，知我相思苦，长相思兮长相忆，短相思兮无穷极。早知如此绊人心，何如当初莫相识。

李白的这首词是典型的悲秋之作，秋风、秋月、落叶、寒鸦，烘托出悲凉的氛围，加上诗人的奇丽的想象，和对自己内心的完美刻画，让整首诗显得凄婉动人。在深秋的夜晚，诗人望见了高悬天空的明月和栖息在已经落光叶子的树上的寒鸦，也许在此时诗人正在思念一个旧时的恋人，此情此景，不禁让诗人悲伤和无奈，这存流于心底的不可割舍的感情和思念，像放电影一样在脑子里来回回放着，这一切反而让诗人后悔当初的相识，不如不遇倾城色。

那遍绕篱边盛放的黄色花朵——《菊花》

菊花

（唐）元稹

秋丛绕舍似陶家，遍绕篱边日渐斜。

不是花中偏爱菊，此花开尽更无花。

元稹（779—831），字微之，唐朝宰相、著名诗人。元稹聪明机智过人，年少即有才名，与白居易同科及第，并结为终生诗友，二人共同倡导新乐府运动，世称“元白”。元稹其诗辞浅意哀，仿佛孤凤悲吟，极为扣人心扉，动人肺腑。元稹的创作，以诗成就最大。其乐府诗创作，多受张籍、王建的影响，而其“新题乐府”则直接缘于李绅。名作有传奇《莺莺传》《菊花》《离思五首》《遣悲怀三首》等。

诗人元稹对菊花由衷的喜爱在历史上是出了名的：开得正旺的菊花一簇簇、一丛丛，遍布屋舍四周，他沿着竹篱，忘情地欣赏这些亲手栽种的秋菊，不觉日已西斜。第一句的“绕”字写屋外所种菊花之多，给人以环境幽雅，如陶渊明家之感。第二句的“绕”字则写赏菊兴致之浓，不是到东篱便驻足，而是“遍绕篱边”，直至不知日之将夕。其爱菊之情，似较陶渊明有过之而无不及。短短的十四个字，有景、有情、有联想，活脱脱地勾勒出一幅诗人在秋日傍晚漫步菊丛、赏花吟诗而乐不思返的画面。

第三句以否定句式陡地一转，指出自己并非没来由地钟情菊花。时至深秋，百花尽谢，唯有菊花能凌风霜而不凋，为世界平添了盎然的生机。诗人热爱生活、热爱自然，这四季中最后开放的菊花使他忘情，这种爱当然是不能舍了，此花开尽更无花，元稹的《菊花》其实是在表态：我也要像菊花一样保持高洁的操守，直到永远。

秋分夜晚碧凉如水——《夜喜贺兰三见访》

夜喜贺兰三见访

（唐）**贾岛**

漏钟仍夜浅，时节欲秋分。
泉聒栖松鹤，风除翳月云。
踏苔行引兴，枕石卧论文。
即此寻常静，来多只是君。

贾岛（779～843），字浪（阆）仙，又名瘦岛，唐代诗人。早年出家为僧，号无本，自号“碣石山人”。据说在长安（今陕西西安）的时候，因当时有命令禁止和尚午后外出，贾岛作诗发牢骚，被韩愈发现才华，并成为“苦吟诗人”。后来受教于韩愈，并还俗参加科举，但累举不中第。

唐代的贾岛在历史的尘埃中寻隐者不遇，夜半敲打过僧门，这一次，他在秋分时节的夜晚喜遇了友人。与友人一起畅游，欢欣喜悦之情写在了他的《夜喜贺兰三见访》中。在人烟罕至的山林中，难得与知己畅诉文章，今日之喜由平日之清寂而来。

秋分气候宜人，秋天夜晚清凉如水，诗人所居山中更在蓊郁树林、淙淙泉水下更显幽静闲适。山月之光因微风吹开遮蔽云翳而更透出清辉，映照山间大地，使得诗人感天地万物之灵妙运化，而兴发文学之思。

适时友人来访，使得诗人连日来的诗兴得以抒发，两人就在静谧清辉的山月下或行或卧，或体会山月美景，或发为言语，畅谈文章。山间之静寂就在两人相谈甚欢下更显得清幽寂寥，因而使得诗人有凄清之感，毕竟来访之人不能久住，深居山林之幽静，与山间四时变化之美，最终也只有自己能够体会。

此诗由“寂”生“喜”，再由“喜”入“寂”，道出诗人喜居山间的幽静之美，却也在最后透出诗人因长居山中、无人共赏而产生的淡淡孤寂感。由外景之闹静，渐至诗人内心之起伏，最后又将此情感归诸山月之景，可见情景浑合交融之境。

羁旅秋景，古道西风瘦马——《天净沙·秋思》

天净沙·秋思

（元）马致远

枯藤老树昏鸦，小桥流水人家，古道西风瘦马。夕阳西下，断肠人在天涯。

马致远（约1250—1321），字千里，号东篱，（一说名不详，字致远，晚号“东篱”），与关汉卿、郑光祖、白朴并称“元曲四大家。”马致远从事杂剧创作的时间很长，名气也很大，有“曲状元”之誉。他的作品见于着录的有16种，今存《汉宫秋》《荐福碑》《岳阳楼》《青衫泪》《陈抟高卧》《任风子》，另有《黄粱梦》，是他和李时中、红字李二、花李郎合著的，散曲有《东篱乐府》。

这是元曲大家马致远著名的小曲，二十八个字勾画出一幅羁旅荒郊图，尽管充满荒凉，尽管填满悲苦，但自写出之后一直惹人喜爱，评价很高。

枯藤老树昏鸦，小桥流水人家，眼前的景致给人造成一种冷落暗淡的气氛，又显示出一种清新幽静的境界，这里的枯藤、老树给人以凄凉的感觉，小桥流水人家给人幽雅闲致之感。十二个字画出一幅深秋僻静的村野图景。古道西风瘦马，诗人描绘了一幅秋风萧瑟、苍凉凄苦的意境，为僻静的村野图又增加一层荒凉的色调。

夕阳西下，这幅昏暗的画面有了几丝惨淡的光线，更加深了悲凉的气氛。诗人把十种平淡无奇的客观景物，巧妙地连缀起来，通过枯、老、昏、古、西、瘦六个字，将诗人的无限愁思自然的寓于图景中。这时，在深秋村野图的画面上，出现了一位漂泊天涯的游子，在残阳夕照的荒凉古道上，牵着一匹瘦马，迎着凄苦的秋风，信步满游，愁肠绞断，却不知自己的归宿在何方，透露了诗人怀才不遇的悲凉情怀，恰当地表现了主题。这首小令是采取寓情于景的手法来渲染气氛，显示主题，完美地表现了漂泊天涯的旅人的愁思。

其实，人们喜欢的不是它的愁思，而是那种愁思的味道，是每个人都有的孤旅落魄。

寒露

二十四节气

10月8至9日

【寒露三候】一候鸿雁来宾，二候雀入大水为蛤，三候菊有黄华。

【节气诗词】水风轻、蘋花渐老，月露冷、梧叶飘黄。

第十七节 寒露

寒露，在每年的10月8日或9日；表示气温下降，露水更凉。

我国古代将寒露分为三候：“一候鸿雁来宾；二候雀入大水为蛤；三候菊有黄华。”此节气中鸿雁排成一字或人字形的队列大举南迁；深秋天寒，雀鸟都不见了，古人看到海边突然出现很多蛤蜊，并且贝壳的条纹及颜色与雀鸟很相似，所以便以为是雀鸟变成的；第三候的“菊始黄华”是说在此时菊花已普遍开放。

露华凄冷蓼花愁——《秋莺》

秋莺

（南唐）**李煜**

残莺何事不知秋，横过幽林尚独游。
老舌百般倾耳听，深黄一点入烟流。
栖迟背世同悲鲁，浏亮如笙碎在缑。
莫更留连好归去，露华凄冷蓼花愁。

李煜（937—978），南唐元宗李璟第六子，初名从嘉，字重光，号钟隐、莲峰居士，南唐最后一位国君。李煜精书法、工绘画、通音律，诗文均有一定造诣，尤以词的成就最高。李煜的词，继承了晚唐以来温庭筠、韦庄等花间派词人的传统，又受李璟、冯延巳等的影响，语言明快、形象生动、用情真挚，风格鲜明，其亡国后词作更是题材广阔，含意深沉，在晚唐五代词中别树一帜，对后世词坛影响深远。

古人咏物多有所寄托，咏松柏的人表示坚劲不屈的节操，咏梅的人表示狷介孤芳的性情，咏莲菊的人表示清白自然的雅趣……李后主的咏秋莺也是有自己的寓意，但他所咏的“秋莺”绝不同于“暮春三月，江南草长，杂花生树，草长莺飞”的春莺，而是与杜甫的“飘飘何所似，天地一沙鸥”相似的失群之鸟，孤寂凄冷之心境可以想见。

身为囚徒，像鸟一样被关在笼子中。囚徒生活的苦楚，让人产生无限的同情悲悯。只有有切身体会的人才能写出真切的诗句，才如此感人至深，教人神思黯然。

在时间的长河中，每个人都在赶路。李煜选择在一个寂寞的黄昏上路，就似秋莺脱离了鸟笼……

无边落木萧萧下——《登高》

登高

（唐）**杜甫**

风急天高猿啸哀，渚清沙白鸟飞回。
无边落木萧萧下，不尽长江滚滚来。
万里悲秋常作客，百年多病独登台。
艰难苦恨繁霜鬓，潦倒新停浊酒杯。

夔州今属重庆，多崎岖之山。杜甫流落到夔州之时登高见闻，写下了这首名作。开头围绕夔州的特定环境，一开头就写成了千古流传的佳句。夔州向以猿多著称，峡口更以风大闻名。秋日天高气爽，这里却猎猎多风。诗人登上高处，峡中不断传来“高猿长啸”之声，一下子抓住了我们的心扉，如此长啸，这是怎样萧瑟的场景？继而，诗人移动视线，由高处转向江水洲渚，在水清沙白的背景上，点缀着迎风飞翔、不住回旋的鸟群，反而形成一幅精美的画图。

诗人仰望茫无边际、萧萧而下的木叶，俯视奔流不息、滚滚而来的江水，在写景的同时，还深沉地抒发了自己的情怀。想到落木窸窣之声，长江汹涌之状，无形中生出韶光易逝、壮志难酬的感怆。诗人在高处远眺，把眼前景和心中情紧密地联系在了一起。秋天不一定可悲，只是诗人目睹苍凉恢廓的秋景，不由想到自己沦落他乡、年老多病的处境，故生出无限悲愁之绪。诗人把旧客最易悲愁，多病独爱登台的感情，概括进一联“雄阔高浑，实大声弘”的对句之中，使我们深深地感到了他那沉重地跳动着的感情脉搏。

唉！备尝艰难潦倒之苦，国难家仇，使自己白发日多，再加上因病断酒，悲愁就更难排遣。本来也许盎然登高之旅，此时却平白无故地惹恨添悲，罢罢罢，下山喝一杯解新愁，暂忘掉这哀愁，轻颓地沉溺。此时此境，多想任凭秋来秋去，对酒当歌，人生几何？

刘禹锡的别样秋歌——《秋词》

秋词

（宋）刘禹锡

自古逢秋悲寂寥，我言秋日胜春朝。
晴空一鹤排云上，便引诗情到碧霄。

这首《秋词》算是刘禹锡豪情的代表作。秋，在大自然中，扮演的永远是一个悲怀的角色，让一代代的人不停地咀嚼、回味。于是，秋，便在一页页枯色的纸张里，在一个个方正的汉字中低吟，把那缕缕的哀怨、愁绪、思念、牵挂，熏染得迷迷离离。

然而刘禹锡却另辟蹊径，一反常调，它以其最大的热情讴歌了秋天的美好。诗人开篇，即以议论起笔，明确指出自古以来，人们每逢到了秋天就感叹秋天的寂寞萧索。接着，诗人笔锋一转，热情赞美秋天，说秋天比那万物萌生，欣欣向荣的春天更胜过一筹，这是对自古以来那种悲秋的论调的有力否定。

然后，诗人选择了典型事物具体生动地勾勒了一幅壮美的画面，通过对秋天“一鹤凌云”这一别致的景观的描绘，展现了秋高气爽、万里晴空、白云漂浮的开阔景象。这幅画面是对“秋日胜春朝”的生动注脚。看到这一壮美的情境，刘禹锡心中那激荡澎湃的诗情勃发出来，也像白鹤凌空一样直冲云霄了。字里行间诗人那乐观的情怀、昂扬的斗志呼之欲出。

这首诗气势雄浑，意境壮丽，融情、景、理于一炉，不仅仅表现出秋天的生机和素色，更多的是一种高扬精神和开阔胸襟，唱出的那曲非同凡响的秋歌，留下的是一份难能可贵的精神财富。

更为难能可贵的是，《秋词》还是诗人被贬时候写的。诗中有丈夫气，有英雄气。把秋天写成古往今来不一样的格调，虽不及诗圣之沉郁厚重，比不上诗仙之灵秀飘逸，他也不同于鬼气佛性，他就是一位诗“人”。食人间烟火，有喜怨愁嗔，却能把此种种用诗人笔墨，涂抹得如此淋漓尽致，倾情尽意。

断鸿声里，立尽斜阳——《玉蝴蝶·望处雨收云断》

玉蝴蝶·望处雨收云断

（宋）**柳永**

望处雨收云断，凭栏悄悄，目送秋光。晚景萧疏，堪动宋玉悲凉。水风轻、苹花渐老，月露冷、梧叶飘黄。遗情伤。故人何在？烟水茫茫。

难忘，文期酒会，几孤风月，屡变星霜。海阔山遥，未知何处是潇湘？念双燕、难凭远信，指暮天、空识归航。黯相望。断鸿声里，立尽斜阳。

柳永的哀伤之词很多，这首词的艺术性相对较高。起句写即目所见之景，可以看出远处天边风云变幻的痕迹。使清秋之景显得更加疏朗。词人独自倚阑远望，面对向晚黄昏的萧疏秋景，很自然地引起了悲秋的感慨，想起千古悲秋之祖的诗人宋玉来。他将万千思绪按捺住，将视线由远及近，选取了最能表现秋天景物、特征的东西，描绘了一幅很有诗意的画面：秋风轻轻地吹拂着水面，白苹花渐渐老了，秋天月寒露冷的时节梧桐叶变黄了，正在一叶叶地轻轻飘下。萧疏哀飒的秋夜自然使人产生凄清沉寂之感，“轻”“冷”正是清秋季节的感觉。

接下来，词人回忆起朋友在一起的“文期酒会”那赏心乐事，至今难忘。分离之后，已是物换星移、秋光几度，不知有多少良辰美景无心观赏而白白地过去。抬头一望，眼前的燕子双双飞去，却不能向故人传递消息。盼友人归来，却又一次次地落空，看到天际的归舟，疑是故人归来，但到头来却是一场空。归舟只是空惹相思，好像在嘲弄自己的痴情。

词人用断鸿的哀鸣来衬托自己的孤独惆怅，可谓妙合无痕，声情凄婉。于是，他久久地伫立在西阳残照之中，默默行走，用沉默来抚平心中的伤痛。

霜降

10月23至24日

二十四节气

【霜降三候】一候豺乃祭兽，二候草木黄落，三候蛰虫咸俯。

【节气诗词】霜落熊升树，林空鹿饮溪。

第十八节 霜降

霜降，为每年公历10月23日或24日，降含有天气渐冷、初霜出现的意思，是秋季的最后一个节气，也意味着冬天的开始。

我国古代将霜降分为三候：“一候豺乃祭兽；二候草木黄落；三候蛰虫咸俯。”此节气中，豺狼将捕获的猎物先陈列后再食用；大地上的树叶枯黄掉落；蛰虫也全在洞中不动不食，垂下头来进入冬眠状态中。

霜降来临，谁堪羁旅情——《泊舟盱眙》

泊舟盱眙

（唐）常建

泊舟睢水次，霜降夕流清。
夜久潮侵岸，天寒月近城。
平沙依雁宿，候馆听鸡鸣。
乡国云霄外，谁堪羁旅情。

常建（生卒年不详），字号不详，唐代诗人。开元十五年与王昌龄同榜进士，长仕宦不得意，来往山水名胜，过着长时间的漫游生活。后移家隐居鄂渚。天宝中，曾任盱眙尉。

盱眙，即今江苏省淮安市盱眙县，常建曾在这里当县尉，是个九品小官。这首诗就是写在盱眙官任上。诗人在官场上不得志，郁郁不乐，生活在烦闷、惆怅、苦恼之中；在秋冬之际的一天黄昏，诗人外出归来，停舟泊岸，看到了一些霜降节气的景物，于是就写了下来，变成了一首凄凉、幽怨、惆怅的诗歌。

把舟停在悠悠碧水、清澈长流的淮水岸边。霜降已到，天气已经飞霜；秋冬傍晚，天气已凉，悠悠淮水，碧波静流，使人惆怅，感慨万千，浮想联翩。特别是仕途失意的诗人，眼前的一切更能引起他心中的淡淡忧愁，让他感到无限地凄凉。

诗人进士出身，才华横溢，博古通今，然而仕途失意，得不到重用，被朝廷委任一个小小九品县尉，真是大材小用，难免有点喟叹生不逢时，所以在寒冷的夜里辗转翻覆，难以入睡。寒冷天气，漫漫长夜，久久不能入睡。没有睡着的诗人，耳边传来是潮水拍打水岸的声音，眼睛看到是一轮寒月在城头洒下一片凄清的余晖。所见所听，无不凸现出诗人失意时的幽怨情怀、凄凉心境。

黄昏时，大雁栖息在平静的沙湾，驿站里听到鸡叫声。诗人仕途失意，对任何事物都很敏感，就连大雁栖息哪里与驿站里的鸡叫声都很注意，说明了诗人此时此刻的心情是何等之凄凉！

身在异乡，事业不顺，心情不佳，当你也是如此之时，是否也感同身受？

昨夜微霜初渡河——《送魏万之京》

送魏万之京

（唐）李颀

朝闻游子唱离歌，昨夜微霜初渡河。
鸿雁不堪愁里听，云山况是客中过。
关城树色催寒近，御苑砧声向晚多。
莫见长安行乐处，空令岁月易蹉跎。

李颀（生卒年不详），字、号均不详，唐代诗人。开元十三年中进士，做过新乡县尉的小官，诗以写边塞题材为主，风格豪放，慷慨悲凉，七言歌行尤具特色。

旭日一转身变成落日，青丝一转身变成白发。时间过得太快，能不能等一等，再等一等，让日子重新来过。这样的情愫在送别诗中，往往会有充分的表达。

这就是一首送别诗，不过被送者为诗人李颀的晚辈魏万。在诗中，诗人劝勉魏万到了长安之后，不要只看到那里是行乐的地方而沉溺其中、蹉跎岁月，应该抓住机遇成就一番事业。这表达了诗人对魏万的深情厚谊，情调深沉悲凉，但却催人向上。

此情此景，若是换做我们写这首送别诗，相信也会如此。大雁，秋天南去，春天北归，飘零不定，有似旅人。它那嘹唳的雁声，从遥远的天际飘来，使人觉得怅惘凄切。而抱有满腹惆怅的人，当然就更难忍受了。云山，原本是令人向往的风景，而对于落寞失意的人，坐对云山，便会感到前路茫茫，黯然神伤。他乡游子，于此为甚。这是李颀以自己的心情来体会对方。然后，诗人对远行客又作了充满情意的推想："关城树色催寒近，御苑砧声向晚多。"从洛阳西去要经过古函谷关和潼关，凉秋九月，草木摇落，一片萧瑟，标志着寒天的到来。本来是寒气使树变色，但寒不可见而树色可见，好像树色带来寒气，见树色而知寒近，是树色把寒催来的。接着，诗人描绘傍晚砧声之多，为长安特有，"长安一片月，万户捣衣声"。然而诗人不用城关雄伟、御苑清华这样的景色来介绍长安，却只突出了"御苑砧声"，发人深省。此前，魏万大概没有到过长安，而李颀已多次到过京师，在那里曾"倾财破产"，历经辛酸。"莫见长安行乐处，空令岁月易蹉跎"，纯然是长者的语气，予魏万以亲切的嘱咐。他谆谆告诫魏万——长安虽是"行乐处"，但不是一般人可以享受的。不要把宝贵的时光，轻易地消磨掉，要抓紧时机成就一番事业。

最是肺腑之言诗中见，不知道魏万后来听这些规劝了没有，要是听了老人言，那该少走多少弯路啊。

那火红的枫叶比江南二月的花还要红——《山行》

山行

（唐）**杜牧**

远上寒山石径斜，白云生处有人家。

停车坐爱枫林晚，霜叶红于二月花。

秋霜降下来之后，气温降低，枫叶由于气温降低，就变红了。沐浴阳光，傲然临风，裹着几分妩媚，在秋日里艳丽绽放，这是多么美的场景。

《山行》诗歌写得很美，也很有意境，读来时候我们眼前就会出现一幅画面，以枫林为主景，色彩热烈、艳丽的山林秋色图。我们首先看到的是远上秋山的石头小路，山路的顶端是白云缭绕的地方。路是人走出来的，因此白云缭绕而不虚无缥缈，寒山蕴含着生气，那么晚了，我还在山前停车，只是因为眼前这满山如火如荼、胜于春花的枫叶啊。

多么美丽的枫林，在霜降这个时节，秋染山林，充满了生命的纯美和活力。

独属于诗人自己的秋日山林——《鲁山山行》

鲁山山行

（宋）**梅尧臣**

适与野情惬，千山高复低。
好峰随处改，幽径独行迷。
霜落熊升树，林空鹿饮溪。
人家在何许？云外一声鸡。

梅尧臣（1002—1060），字圣俞，北宋著名现实主义诗人，曾参与编撰《新唐书》，并为《孙子兵法》作注，所注为孙子十家著之一。著有《宛陵先生集》《四部丛刊》影明刊本等，词存二首。

深秋时节，霜降临空，诗人在鲁山旅行。山路上没有其他人，但诗人兴致勃勃，一边赶路一边欣赏着山间的种种景象，那千姿百态的山峰，那染满红色的树林……

登山首先表达着一种喜悦，传递出来了该诗歌的色调——快乐。看到奇美的景色诗人感到无比的惊喜与心旷神怡，但是到了最后，诗人才发现有人家的地方还很远很远。在山中走着走着，幽静的秋山，看不到房舍，望不见炊烟，自己也怀疑这山里是不是有人家居住，不禁自问一声“人家在何许”。正在沉思的时候，忽听得从山间白云上头传来“喔喔”一声鸡叫。噢，原来住家还在那高山顶呢。

多么惬意，这似乎是独属于诗人自己的山林，这似乎是独属于诗人自己的秋天。

立冬

二十四节气

11月7至8日

【立冬三候】一候水始冰；二候地始冻；三候雉人大水为蜃。

【节气诗词】细雨生寒未有霜，庭前木叶半青黄。

第十九节 立冬

立冬，在11月7日或8日；立冬之日，“水始冰，地始冻”。立冬是表示冬季开始，万物收藏，归避寒冷的意思。

我国古代将立冬分为三候：“一候水始冰；二候地始冻；三候雉人大水为蜃。”此节气水已经能结成冰；土地也开始冻结；雉是指野鸡一类的大鸟，蜃为大蛤，立冬后，野鸡一类的大鸟便不多见了，而海边却可以看到外壳与野鸡的线条及颜色相似的大蛤。所以，古人认为，雉到立冬后便变成大蛤了。

冬天早晨江边的寒冽——《冬柳》

冬柳

（唐）**陆龟蒙**

柳汀斜对野人窗，零落衰条傍晓江。
正是霜风飘断处，寒鸥惊起一双双。

陆龟蒙（？～公元881），唐代农学家、文学家，字鲁望，号天随子、江湖散人、甫里先生。曾任湖州、苏州刺史幕僚，后隐居松江甫里（今甪直镇），编著有《甫里先生文集》等。陆龟蒙与皮日休交友，世称“皮陆”，诗以写景咏物为多。

冬天的柳树与其他季节是截然不同的，在陆龟蒙的这首诗中，这一点我们显然可以看得出来。一、二句写柳的地理位置和衰落形态，是静景。诗人住在郊外，不写自己的窗刚好对着一行柳树，而写柳树对着诗人的门窗，显得新奇别致。三、四句转而写动景：霜风劲吹，枯枝断落，鸥鸟惊飞。诗人用精炼的笔墨，描绘出一幅鲜明的画面，有声有色，形象十分生动，让人感受到冬天早晨江边的寒冽、冷清。

冬风中闻到梅花飘香——《立冬即事二首（其一）》

立冬即事二首（其一）

（宋）仇远

细雨生寒未有霜，庭前木叶半青黄。

小春此去无多日，何处梅花一绽香。

仇远（1247—1326），字仁近，一字仁父，人称山村先生。元代文学家、书法家。元大德年间（1297～1307），58岁的他任溧阳儒学教授，不久罢归，遂在忧郁中游山河以终。

好美的立冬之诗啊，深秋后乍寒还暖的细雨中，满山缤纷的是半青黄红绿紫的叶，还有梅花，已经在不远处香气袅袅地绽放……

立冬标志着动天地开始，古人倒是写了不少立冬诗。“冻笔新诗懒写，寒炉美酒时温。醉看墨花月白，恍疑雪满前村。”大诗仙李白写的《立冬》小资情调尽显。立冬之夜，笔墨结冻，也懒得写诗了，于火炉旁，边取暖边温酒驱寒，醉眼中，竟将月光当作了满地雪花。立冬意味着冬天开始，万物收藏，纷纷规避寒冷。不过，诗仙小酒喝着，丝毫不减格调，是不是还在酒中酝酿着三百篇的诗句？“昨夜清霜冷絮，纷纷红叶满阶头。园林尽扫西风去，惟有黄花不负秋。”宋代诗人钱时的《立冬前一日霜对菊有感》鲜明美景中透着高雅。立冬前一日，西风吹过园林，红叶凋落更甚，黄花却依旧在，红叶衬托黄花，情景交融，让明日就到来的立冬别有一番诗情画意。“秋风吹尽旧庭柯，黄叶丹枫客里过。一点禅灯半轮月，今宵寒较昨宵多。”明代诗人王稚登的《立冬》意味深重，秋去冬来，黄叶落尽，立冬这晚已比昨宵冷多了，诗人漂泊他乡，更盼家的温暖，却唯有明月相伴，触景生情，其情切切。

读来读去，总觉得还是仇远的诗写得好，淡然中透着乐观。立冬时日，细雨带着寒意，但还没冷到结霜，房前的树叶，已经一半绿、一半黄了。冬风中闻到梅花飘香，仿佛已经嗅到了春天的气息。

赠我江南春色一枝梅——《虞美人·寄公度》

虞美人·寄公度

（宋）舒亶

芙蓉落尽天涵水。日暮沧波起。背飞双燕贴云寒。独向小楼东畔、倚阑看。

浮生只合尊前老。雪满长安道。故人早晚上高台。赠我江南春色、一枝梅。

舒亶（1041—1103），字信道，号懒堂，慈溪（今属浙江余姚大隐）人。治平二年（1065）试礼部第一，即状元，授临海尉。神宗时，除神官院主簿，迁秦凤路提刑，提举两浙常平。崇宁元年（1102）知南康军，京以开边功，由直龙图阁进待制，翌年卒，年六十三。其词录于赵万里辑《舒学士词》中，存词50首。

舒亶在历史上做过一件著名的事就是弹劾苏轼，引发乌台诗案。

不过，他的诗词倒是写得不错，词之前半部分写日暮登楼所见：荷花落尽，秋风江上，日暮远望，水天相接，烟波无际；客愁离思，于是随烟波荡漾而起。而所见残荷落日外景，则透示出一派苍茫萧索的情调。正当独立苍茫、黯然凝望之际，却又见一对燕子，相背向云边飞去。一个“寒”字，又从视感而转化为一种心理感受，暗示着离别的悲凉况味。

词之后半部分写景中开始喟叹。光阴荏苒，转眼又是岁暮，雪满京城，寂寥寡欢，唯有借酒遣日而已。“雪满长安”，一派冷寂的气氛，雪夜把盏，却少对酌之人，岁暮怀人的孤凄心境可想而知。“故人早晚上高台，寄我江南春色一枝梅。”老朋友也天天登高望远，思念着我；即使道远雪阻，他也一定会给我寄赠一枝江南报春的早梅吧。

他相信寄给老友一首词，老友也会给他寄一枝梅花，一个希望，一个盛大的春天吧。

小雪

二十四节气

11月22至23日

【小雪三候】一候虹藏不见；二候天气上升；三候闭塞而成冬。

【节气诗词】菊萎东篱梅暗动，方知大地转阳升。

第二十节 小雪

小雪，每年公历11月22或23日，虽开始降雪，但雪量不大，故称小雪。

我国古代将小雪分为三候：“一候虹藏不见；二候天气上升，地气下降；三候闭塞而成冬。”由于天空中的阳气上升，地中的阴气下降，导致天地不通，阴阳不交，所以，万物失去生机，天地闭塞而转入严寒的冬天。

那是谁的情歌在幽谷回荡——《子夜吴歌·冬歌》

子夜吴歌·冬歌

（唐）李白

明朝驿使发，一夜絮征袍。

素手抽针冷，那堪把剪刀。

裁缝寄远道，几日到临洮。

是谁的情歌在幽谷回荡？是谁的思念在风里轻扬？这些爱情与思念在这首诗中反而都没说，只是通过一位女子“一夜絮征袍”的情事以表现思念征夫的感情。在这位传送征衣的驿使即将出发的前夜，我们看到了一个女子急切、紧张劳作的情景。素手抽针已觉很冷，还要握那冰冷的剪刀。

天气的严寒，使“敢将十指夸针巧”的女子不那么得心应手了，而时不我待，偏偏驿使就要出发，人物焦急情态宛如画出。她从自己的冷联想到临洮一定更冷。所以，她又巴不得驿使早发、快发。这种矛盾心理亦从无字处表出。我们似乎又看见她一边呵着手一边赶裁、赶絮、赶缝。“一夜絮征袍”，看来大功告成，她应该大大松口气了。

可是，“才下眉头，却上心头”，又情急起来，路是这样远，“寒到身边衣到无”呢？这回却是恐怕驿使行迟，盼望驿车加紧了。“裁缝寄远道，几日到临洮？”这迫不及待的一问，含多少深情啊。

多少深情，在时光中我们都一一看见，看见那么多活生生的思妇形象，让我们不禁一次次的感动。

砌下梨花一堆雪——《初冬夜饮》

初冬夜饮

（唐）杜牧

淮阳多病偶求欢，客袖侵霜与烛盘。
砌下梨花一堆雪，明年谁此凭栏杆？

会昌二年，杜牧四十岁时，受当时宰相李德裕的排挤，被外放为黄州刺史，其后又转池州、睦州等地。此诗就作于外放的睦州的一次饮酒，夜晚的饮酒。

西汉的名臣汲黯因刚直敢言，屡次切谏，数被外放，最后就死于外任淮阳。诗人以汲黯自比，正是暗示自己由于耿介直言而被排挤出京的。诗人愁思郁积，难以排遣，今夜只能借酒浇愁，以求得片刻慰藉。天寒岁暮，秉烛独饮，吊影自伤，愤悱无告，更觉寂寞悲凉。多年来的游宦生涯，饱含了多少辛酸！如今，诗人却在烛光下自斟自饮，幽独苦闷。

然而，诗人独斟独饮，并不能释忧解愁。于是，他罢酒辍饮，凭栏而立，但见朔风阵阵，暮雪纷纷，那阶下积雪像是堆簇着的洁白的梨花。诗人烛下独饮，本已孤凄不堪，现在茫茫夜雪更加深了他身世茫茫之感，他不禁想到明年此时又不知身在何处！短短一首诗，凝聚着诗人流转无定的困苦，凝聚着诗人思念故园的情思，凝聚着诗人仕途不遇的愤慨，凝聚着诗人壮志难酬的隐痛。

一个冬日黄昏的城郊——《天净沙·冬》

天净沙·冬

（元）白朴

一声画角谯门，丰庭新月黄昏，雪里山前水滨。竹篱茅舍，淡烟衰草孤村。

元曲中的冬日有些不同，白朴选择一个黄昏的城郊作为描绘冬景的具体环境。冷月黄昏，雪山水滨，已是清寒凛冽；淡烟衰草，茅舍孤村，又显寂寥冷落，更有谯门一声寒角，平添一分悲凉，空气中弥漫的是孤寂和无助的忧伤……

景物罗列的内在规矩使得词曲字字写景，全未直接抒发、陈述白朴的情感。这种情绪，我们读来觉得也不是一时一地有特定具体内容的情感，它所传达的，其实是一种情调，一种意绪，一种内心状态。从时间上说，从“秋”到“冬”，从“情”到“景”，都是从寥落、凄清进一步发展为悲凉和无望的孤寂，逐步延续，慢慢延续，潜移默化，让我们感受到了不一样的冬天。

大雪

二十四节气

12月6至8日

【大雪三候】一候鹖鴠不鸣，二候虎始交，三候荔挺出。

【节气诗词】夜深知雪重，时闻折竹声。

第二十一节 大雪

大雪，每年的12月7日（个别年份的6日或8日），到了这个时段，雪往往下得大、范围也广，故名大雪。

我国古代将大雪分为三候：“一候鹖鴠不鸣；二候虎始交；三候荔挺出。”这是说此时因天气寒冷，寒号鸟也不再鸣叫了；由于此时是阴气最盛时期，正所谓盛极而衰，阳气已有所萌动，所以老虎开始有求偶行为；“荔挺”为兰草的一种，也感到阳气的萌动而抽出新芽。

独钓寒江雪的诗人——《江雪》

江雪

（唐）**柳宗元**

千山鸟飞绝，万径人踪灭。
孤舟蓑笠翁，独钓寒江雪。

柳宗元（公元773—公元819），字子厚，唐宋八大家之一，唐代文学家、哲学家、散文家和思想家世称“柳河东”“河东先生”，因官终柳州刺史，又称“柳柳州”。柳宗元与韩愈并称为“韩柳”，与刘禹锡并称“刘柳”，与王维、孟浩然、韦应物并称“王孟韦柳”。柳宗元一生留诗文作品达600余篇，其文的成就大于诗。骈文有近百篇，散文论说性强，笔锋犀利，讽刺辛辣。有《河东先生集》，代表作有《溪居》《江雪》《渔翁》。

这是一幅唐代的雪景图。各座山里的鸟都飞走了，而道路上也没有人的踪影。一叶孤舟默默地停在寒江边，穿着蓑笠的老翁，在静静地垂钓。老人不惧怕寒冷，也不畏惧孤独，他在这宁静、凛冽的白雪中，享受生活的静谧与从容。他能够有时间体会这独得的乐趣，也有心情细细地品咂生活的况味。

这里，诗人采用烘托渲染的手法，极力描绘渔翁垂钓时候的气候和景物，淡笔轻涂，只数语便点染出峻洁清冷的抒情气氛。其笔触所到，连亘天地，高及峰巅，下及江水，咫尺之幅，涵盖万里。

苍茫天宇，皑皑大地，一人独钓，风来顺风，水来顺水，一切都是随缘而安。

燕山雪花大如席——《北风行》

北风行

（唐）**李白**

烛龙栖寒门，光曜犹旦开。
日月照之何不及此？惟有北风号怒天上来。
燕山雪花大如席，片片吹落轩辕台。
幽州思妇十二月，停歌罢笑双蛾摧。
倚门望行人，念君长城苦寒良可哀。
别时提剑救边去，遗此虎文金鞞靫。
中有一双白羽箭，蜘蛛结网生尘埃。
箭空在，人今战死不复回。
不忍见此物，焚之已成灰。
黄河捧土尚可塞，北风雨雪恨难裁。

诗仙李白在这首诗成功地运用了夸张的手法，给我们描述一场大雪——“燕山雪花大如席”。诗中“燕山雪花大如席”和“黄河捧土尚可塞”，说的都是生活中绝不可能发生的事，但我们从中感到的是诗人强烈真实的感情，其事虽“决不能有”，却变得真实而可以理解，并且收到比写实强烈得多的艺术效果。此诗信笔挥洒，时有妙语惊人；自然流畅，不露斧凿痕迹。

所以，今天我们手捧唐诗，翻开中国古典诗词的画卷，才可以看到一个风姿绰约的李白，诗绝天下的诗仙。

夜深知雪重，时闻折竹声——《夜雪》

夜雪

（唐）**白居易**

已讶衾枕冷，复见窗户明。
夜深知雪重，时闻折竹声。

雨下过了春夏秋，到了冬天就变得稀少了，雪是冬的主题。这首描写夜晚的雪的五言诗，被白居易写得颇有意思。天气寒冷，人在睡梦中被冻醒，惊讶地发现盖在身上的被子已经有些冰冷。疑惑之时，抬眼望去，只见窗户被映得明亮亮的。

那是雪！一般来讲，雪初落时，空中的寒气全被水汽吸收以凝成雪花，气温不会骤降，待到雪大，才会加重寒意。人之所以起初浑然不觉，待寒冷袭来才忽然醒悟，皆因雪落地无声。感到“衾枕冷”，正说明夜来人已拥衾而卧，从而点出是“夜雪”。“复见窗户明”，从视觉的角度进一步写夜雪。夜深却见窗明，正说明雪下得大、积得深，是积雪的强烈反光给暗夜带来了亮光。

“夜深知雪重，时闻折竹声。”这才知道夜间下了一场大雪，雪下得那么大，不时听到院落里的竹子被雪压折的声响。“折竹”这一细节，衬托出“重”字，可见雪是下得多么大，而且雪势有增无减。

诗人的感觉确实细致非常，一系列的细节显示出雪夜的宁静，无声却又胜有声，使全诗的画面静中有动、清新淡雅，真切地呈现出一个万籁俱寂、银装素裹的清宁世界。

待到下夜雪时，我们也来感受下，是不是像《夜雪》中写的如此?

那句最美的“千树万树梨花开”
——《白雪歌送武判官归京》

白雪歌送武判官归京

（唐）**岑参**

北风卷地白草折，胡天八月即飞雪。
忽如一夜春风来，千树万树梨花开。
散入珠帘湿罗幕，狐裘不暖锦衾薄。
将军角弓不得控，都护铁衣冷难着。
瀚海阑干百丈冰，愁云惨淡万里凝。
中军置酒饮归客，胡琴琵琶与羌笛。
纷纷暮雪下辕门，风掣红旗冻不翻。
轮台东门送君去，去时雪满天山路。
山回路转不见君，雪上空留马行处。

岑参（约715—770），唐代边塞诗人，早岁孤贫，从兄就读，遍览史籍。天宝三载（744年）进士。初为率府兵曹参军。后两次从军边塞，先在安西节度使高仙芝幕府掌书记；天宝末年，封常清为安西北庭节度使时，为其幕府判官。代宗时，曾官嘉州刺史，世称岑嘉州。岑参工诗，长于七言歌行，代表作是《白雪歌送武判官归京》。现存诗三百六十首。对边塞风光，军旅生活以及少数民族的文化风俗有亲切的感受，故其边塞诗尤多佳作。风格与高适相近，后人多并称“高岑”。

充满奇情妙思，是此诗主要的特色。诗人岑参用敏锐的观察力和感受力捕捉边塞奇观，笔力矫健，有大笔挥洒——瀚海阑干百丈冰，愁云惨淡万里凝；有细节勾勒——纷纷暮雪下辕门，风掣红旗冻不翻；有真实生动的摹写——将军角弓不得控，都护铁衣冷难着；也有浪漫奇妙的想象——忽如一夜春风来，千树万树梨花开。整首诗完整地再现了边地瑰丽的自然风光，充满浓郁的边地生活气息，在歌咏自然风光的同时还表现了雪中送人的真挚情谊。

真是在奇思妙想中诗情画意并举，直到末句渐入徐缓——山回路转不见君，雪上空留马行处，画面上出现渐行渐远的马蹄印迹，使人低回不已……

千里黄云白日曛，北风吹雁雪纷纷
——《别董大（其一）》

别董大（其一）

（唐）**高适**

千里黄云白日曛，北风吹雁雪纷纷。

莫愁前路无知己，天下谁人不识君。

高适（约704—约765），字达夫、仲武，唐代著名的边塞诗人，曾任刑部侍郎、散骑常侍、渤海县候，世称高常侍。高适与岑参并称“高岑”，有《高常侍集》等传世，其诗笔力雄健，气势奔放，洋溢着盛唐时期所特有的奋发进取、蓬勃向上的时代精神。

高适与董庭兰话别，酒席就设在江边，夕阳西下，暮色低垂，千里烟波。大家都醉了，该说的话还没说，该喝的酒继续喝。但谁都阻止不了应该的离别了。随着时间的流逝，董大来不及离愁哭泣，只有交付给这无边无际的北风与大雪。

“千里黄云白日曛，北风吹雁雪纷纷。”这两句以真实的内心感受写别离心绪，所以倍显深挚；以胸襟之阔，叙眼前景色，故能悲壮。落日黄云，大野苍茫，唯北方冬日有此景象。日暮黄昏，且又大雪纷飞，于北风狂吹中，唯见遥空断雁，出没寒云，使人难禁日暮天寒、游子何之之感。

“莫愁前路无知己，天下谁人不识君。”这两句是对朋友的劝慰，意思是说，此去你不要担心遇不到知己，天下哪个不知道你董庭兰啊！

话说得多么响亮，多么有力，于慰藉中充满着信心和力量，激励朋友抖擞精神去奋斗、去拼搏。因为是知音，说话才质朴而豪爽。又因他沦落，才给以希望为他慰藉。

一场大雪中，友人上路，彼此留下深深的思念。

冬至

二十四节气

12月21至23日

【冬至三候】一候蚯蚓结，二候麋角解，三候水泉动。

【节气诗词】西北风袭百草衰，几番寒起一阳来。

第二十二节

冬至

冬至，每年公历12月21日至12月23日，冬至这天，太阳位于黄经270度，阳光几乎直射南回归线，是北半球一年中白昼最短的一天。我国南方大部分地区各地日出到日没有10小时左右。

“冬至一候蚯蚓结，二候麋角解，三候水泉动。”冬至以后，随着地球在绕日轨道上运行，阳光直射地带便逐渐北移，使北半球白天渐增长，夜晚逐渐缩短。

冬至里，让我们举杯痛饮——《小至》

小至

（唐）**杜甫**

天时人事日相催，冬至阳生春又来。
刺绣五纹添弱线，吹葭六管动浮灰。
岸容待腊将舒柳，山意冲寒欲放梅。
云物不殊乡国异，教儿且覆掌中杯。

冬至也是我国的一个传统节日，古时，这一天，朝廷上下要放假，皇帝要到郊外举行祭天大典，民间歇市，亲朋以美食相赠，相互拜访，其热闹程度不亚于过年，故有“冬至大如年”之说。

《小至》描写冬至前后的时令变化，不仅用刺绣添线写出了白昼增长，还用河边柳树即将泛绿，山上梅花冲寒欲放，生动地写出了冬天里孕育着春天的景象。诗的末二句写他由眼前景物唤起了对故乡的回忆。虽然身处异乡，但云物不殊，所以，诗人教儿斟酒，举杯痛饮。这举动和诗中写冬天里孕育着春天气氛的基调是一致的，都反映出杜甫难得的舒适心情。

不得团聚，只剩思念——《邯郸冬至夜思家》

邯郸冬至夜思家

（唐）**白居易**

邯郸驿里逢冬至，抱膝灯前影伴身。

想得家中夜深坐，还应说着远行人。

冬至佳节，在家中和亲人一起欢度，才有意思。如今远在邯郸的驿站里，将怎样过法呢？只能抱着膝坐在孤灯前，在静夜中，唯有影子相伴。

“驿”，乃驿站，是古代传递公文或出差官员途中歇息的地方。这里当然不会有人庆祝佳节了。在家里，家里人一定也过得不快乐。当自己抱膝灯前，想念家人，一直想到深夜的时候，家里人大约同样还没有睡，坐在灯前，在谈论着我这个“远行人”吧！诗人使用白描手法，情感十分感人，也颇耐人寻味：诗人在思家之时想象出来的那幅情景，却是家里人如何想念自己。至于“说”了些什么，则给我们留下了驰骋想象的广阔天地。

风萧萧雨霏霏——《冬至日独游吉祥寺》

冬至日独游吉祥寺

（宋）**苏轼**

井底微阳回未回，萧萧寒雨湿枯荄。
何人更似苏夫子，不是花时肯独来。

我们都知道，苏轼的一生几经波折，大起大落。但难能可贵的是，他从来没有放弃过对生活的乐观。关于冬至，古今文人骚客着墨不少，大多以悲凉哀咏为主体，冬之将至，未免悲意怆然。但苏轼没有，一句“不是花时肯独来”表达了他的乐观心意。想想，风萧萧雨霏霏，枯草湿了，又不是赏花时节，可谁又有诗人这份独游寺庙的雅致呢？虽然寒风已临，梨花欲飘。但在凄冷的秋末冬初来回味无花时的怡然，这样的心境，恐怕也只能是苏轼能达到。

将很普通的一件事写得有滋有味，意境无穷，在苏轼的诗词中到处都是。比如说那首定风波：出行遇雨，雨具先去，同行狼狈，只有东坡先生仗着竹杖芒鞋吟啸徐行，还由此联想到人世沉浮，并且于眼前风雨一样等闲视之：谁怕？一蓑烟雨任平生。小处见大，平中见奇，寻常人等焉能如此？

小寒

二十四节气

1月5至7日

【小寒三候】一候雁北乡，二候鹊始巢，三候雉始鸲。

【节气诗词】隔牖风惊竹，开门雪满山。

【节气花信】梅花，山茶，水仙。

第二十三节 小寒

小寒，在每年公历1月5–7日之间，小寒标志着开始进入一年中最寒冷的日子。

中国古代将小寒分为三候：“一候雁北乡，二候鹊始巢，三候雉始鸲”。古人认为，候鸟中大雁是顺阴阳而迁移，此时阳气已动，所以大雁开始向北迁移；此时北方到处可见到喜鹊，并且感觉到阳气而开始筑巢；第三候“雉鸲”的“鸲”为鸣叫的意思，雉在接近四九时会感阳气的生长而鸣叫。

此时重一去，去合到三清——《冬日归旧山》

冬日归旧山

（唐）**李白**

未洗染尘缨，归来芳草平。
一条藤径绿，万点雪峰晴。
地冷叶先尽，谷寒云不行。
嫩篁侵舍密，古树倒江横。
白犬离村吠，苍苔壁上生。
穿厨孤雉过，临屋旧猿鸣。
木落禽巢在，篱疏兽路成。
拂床苍鼠走，倒箧素鱼惊。
洗砚修良策，敲松拟素贞。
此时重一去，去合到三清。

“旧山”就是大匡山，位于今日四川江油市大康镇西北，《敕赐中和大明寺住持记》碑载：“太白旧山大明古寺，靠戴天之山”。“冬日”，一般认为是唐玄宗开元九年小寒前后。

李白的这首诗首先写冬归旧山的急切心情，再写归山所见景象。虽然时值寒冬，地冷谷寒，但难掩诗人对旧山的喜爱：万点雪峰，在阳光下闪烁；爬满青藤的山间小路，依然充满生机，诗人对隐居的生活是其实是多么的向往和依恋啊。但如今旧居荒凉破败，由于离居时久，诗人的居所已成雉飞、猿啼、鼠走、兽奔之地，铺陈描写中诗人难以掩饰的叹惋之情表露无遗。如此种种，该如何是好呢？诗人在想，最后诗人表示要重新振作，发愤读书，以求闻达于当世，实现自己的远大抱负。不为挫折所阻挡，此时重一去，去合到三清。

高楼四望，一片洁白——《对雪》

对雪

（唐）高骈

六出飞花入户时，坐看青竹变琼枝。
如今好上高楼望，盖尽人间恶路岐。

这是一首借景抒怀之作，写得别具一格。诗人坐在窗前，欣赏着雪花飘入庭户，雪花把窗外的竿竿青竹变成了洁白的琼枝，整个世界都变得明亮了。于是，诗人想到此时如果登上高楼观赏野景，那野外一切崎岖难走的道路都将被大雪覆盖，展现在眼前的将是坦荡无边的洁白世界。

高楼四望，一片洁白，诗人希望白雪能掩盖住世上一切丑恶，让世界变得与雪一样洁白美好，盖尽人间恶路岐，那该是多好的事情啊。

开门雪满山——《冬晚对雪忆胡居士家》

冬晚对雪忆胡居士家

（唐）王维

寒更传晓箭，清镜览衰颜。
隔牖风惊竹，开门雪满山。
洒空深巷静，积素广庭闲。
借问袁安舍，翛然尚闭关。

下雪了，有人在观景，有人在思国，有人在怀友。王维的这首《冬晚对雪忆胡居士家》就是一首抒写雪中思友的诗，表达出对友人深切的关怀。

胡居士，名不详。只知他家境清寒，信奉佛教，他曾经居住在距王维不远的地方。王维有《胡居士卧病遗米因赠》《与胡居士皆病寄此兼示学人》等写到此人的诗歌，从诗中可知胡居士贤而贫困，王维曾经周济过他。

王维居住的地方很静寂，夜里隔着窗子听见风吹动竹子的声响，清晨开门一看，才发觉皑皑白雪已铺满了山头。“风惊竹”有声，“雪满山”有色，境界空阔，又紧扣着诗人隔窗“听”和开门“看”的动作神态，一惊一叹的内心感受，这就使人如临其境。在这样一个特定的美好环境中，自然地触发了对友人的怀念，在这寂静而又有声息、光色、动感和生机的大雪中，如今，好友你在哪里呢？

背窗雪落炉烟直——《菩萨蛮·归鸿声断残云碧》

菩萨蛮·归鸿声断残云碧

（宋）李清照

归鸿声断残云碧。背窗雪落炉烟直。烛底凤钗明。钗头人胜轻。

角声催晓漏。曙色回牛斗。春意看花难。西风留旧寒。

李清照（1084—1155），号易安居士，婉约词派代表，有“千古第一才女”之称。所作词，前期多写其悠闲生活，后期多悲叹身世，情调感伤。形式上善用白描手法，自辟途径，语言清丽。论词强调协律，崇尚典雅，提出词“别是一家”之说，反对以作诗文之法作词。能诗，留存不多，部分篇章感时咏史，情辞慷慨，与其词风不同。

本不想打扰词人李清照休息，是案头那一卷宋词，被风吹乱时候让我们轻轻叩问心扉：谁是有宋最可一说的女词人？答案当然是李清照。古时正月初七为“人日”，剪彩为人形，故名人胜。胜就是古代妇女的首饰。在这首词中，李清照哀婉地说，鸿雁北归，已不闻声，极目天穹，唯有残云如碧。词人之心亦已随鸿雁归飞矣！

纵观整首词，上片只写夜来窗外有雪迷蒙，炉烟静炷。炉烟直，极言静境。下片也不直写乡思。只写角声中，天色渐明。晓漏残，曙色开。斗转星移，意味着天将破晓，可见词人一夜没睡着。最后两句语淡情浓。

“春意看花难。西风留旧寒。”这正是词人在《清平乐·年年雾里》描写的，“看取晚来风势，故应难看梅花”，这是她对生活几乎彻底失望的心情的显现。

倘若只是宋朝平常的女子，只知道简单地对镜梳妆，插上新鲜的花朵，惹夫疼爱，安然驯顺，怎会有孤独？怎会彻夜难眠？可是她是李清照，随朝南迁、夫君病亡，国破家亡，满目都是凄楚之景，所以，茫然地行走在深冬的落叶西风中，只能吟出她全身心的痛楚。

梅须逊雪三分白，雪却输梅一段香
——《雪梅（其一）》

雪梅（其一）

（宋）**卢梅坡**

梅雪争春未肯降，骚人搁笔费评章。
梅须逊雪三分白，雪却输梅一段香。

卢梅坡，宋朝末年人，具体生卒年、生平事迹不详，存世诗作也不多，与刘过是朋友，以两首雪梅诗留名千古。

雪、梅都成了报春的使者、冬去春来的象征。但在诗人卢梅坡的笔下，二者却为争春发生了“摩擦”，都认为各自占尽了春色，装点了春光，而且谁也不肯相让。

这种写法，实在是新颖别致，出人意料，难怪诗人无法判个高低。诗的后两句巧妙地托出二者的长处与不足：梅不如雪白，雪没有梅香，回答了“骚人阁笔费评章”的原因，也道出了雪、梅各执一端的根据。读完全诗，我们似乎可以看出诗人写这首诗是意在言外的：借雪梅的争春，告诫我们人各有所长，也各有所短，要有自知之明。取人之长，补己之短，才是真理。这首诗既有情趣，也有理趣，值得咏思。

大寒

二十四节气

1月20至21日

【大寒三候】一候鸡乳，二候征鸟厉疾，三候水泽腹坚。

【节气诗词】草枯鹰眼疾，雪尽马蹄轻。

【节气花信】瑞香，兰花，山矾。

第二十四节 大寒

大寒，在1月20日或21日；表示天气严寒，最寒冷的时期到来。

中国古代将大寒分为三候：“一候鸡乳；二候征鸟厉疾；三候水泽腹坚。”就是说，到了大寒节气便可以孵小鸡了。而鹰隼之类的征鸟，却正处于捕食能力极强的状态中，盘旋于空中到处寻找食物，以补充身体的能量抵御严寒；在一年的最后五天内，水域中的冰一直冻到水中央，且最结实，孩童们可以尽情在河上溜冰。

晚来天欲雪，能饮一杯无——《问刘十九》

问刘十九

（唐）**白居易**

绿蚁新醅酒，红泥小火炉。

晚来天欲雪，能饮一杯无？

语浅情深，言短味长，不加任何雕琢，信手拈来，遂成妙章。是这首诗的特点，也使得此诗穿越漫漫长空，一直受到人们的喜爱。

也难怪白居易写得好，因为他善于在生活中发现诗情，用心去提炼生活中的诗意，用诗歌去反映人性中的春晖——诗从开门见山地点出酒的同时，就一层层地进行渲染，但并不因为渲染，不再留有余味，相反地仍然极富有包蕴。通过这句“能饮一杯无”，可以想象，刘十九在接到白居易的诗之后，一定会立刻前往白居易家，两人一起喝一壶。

于是，两位朋友围着火炉，斟起新酿的酒来。也许室外真的下起雪来，但室内却是那样温暖、明亮。生活在这一刹那间泛起了玫瑰色，发出了甜美和谐的旋律……

如此美好而耐人寻味的场景，就似他们喝的那壶使人微醺的薄酒，让我们身心俱醉。

晚上将要下大雪了，要不要来喝一杯？

风雪夜归人——《逢雪宿芙蓉山主人》

逢雪宿芙蓉山主人

（唐）**刘长卿**

日暮苍山远，天寒白屋贫。

柴门闻犬吠，风雪夜归人。

刘长卿，字文房，生卒年份未确论。刘长卿工于诗，长于五言，自称“五言长城”。

读诗不觉沉醉，轻读“柴门闻犬吠，风雪夜归人”，一幅风雪夜归图就在我们眼前了。“日暮”是傍晚时分；“苍山远”，是诗人风雪途中所见。青山遥远迷蒙，暗示跋涉的艰辛，急于投宿的心情。“天寒白屋贫”，诗人投宿的主人家茅舍简陋，在寒冬中更显得贫穷。

诗人投宿主人家以后的情景，突然就“柴门闻犬吠”了，在深深的夜雪中，分外响亮，“风雪夜归人”，诗人猜想大概是芙蓉山主人披风戴雪归来了吧。诗人未见其人，只是耳闻的角度落墨，给人展示一个犬吠人归的场面，声音与人物之外，那是漫天飞舞的大雪啊，在山间覆盖住了一切。

草枯鹰眼疾，雪尽马蹄轻——《观猎》

观猎

（唐）王维

风劲角弓鸣，将军猎渭城。

草枯鹰眼疾，雪尽马蹄轻。

忽过新丰市，还归细柳营。

回看射雕处，千里暮云平。

大寒季节尽管寒冷，但也有晴天，也有雪融化的时候，于是，渭城之河畔，一场猎骑开始了。渭城为秦时咸阳故城，在长安西北，渭水北岸，积雪已消，冬末的萧条中多少有了些春意。“鹰眼”因“草枯”而特别锐利，“马蹄”因“雪尽”而绝无滞碍，这些出猎情景，只用几个词语点染，不写猎获的场面。一则由于猎获之意见于言外；二则射猎之乐趣，远非实际功利所可计量，只就猎骑英姿就够了。

然后，遥遥回看向来行猎处之远景，已是千里暮云平。此景遥接篇首：当初是风起云涌，与出猎紧张气氛相应；此时是风定云平，与猎归后踌躇的心境相称，堪称妙笔。

诗人在整个观看的过程中当然是轻松愉悦的，要不然，怎么一句没写深冬的寒冷？有的只是摇曳生姿的感受。

梅花飞雪，最美的画面——《点绛唇·梅》

点绛唇·梅

（宋）**朱翌**

流水泠泠，断桥横路梅枝亚。雪花飞下。浑似江南画。

白璧青钱，欲买春无价。归来也。西风平野。一点香随马。

朱翌（1097—1167），字新仲，号潜山居士、省事老人，舒州（今安徽潜山）人。政和八年，同上舍出身。

古人历来喜欢梅花是因为它迎风傲雪的性格，在下雪的时节它在风中披着雪做的斗篷，翘着红红的笑脸。好像在说雪是自己最好的朋友，只有不惧寒冷的花朵才可以拥有白雪做的斗篷。朱翌这首诗传达出的就是这种爱梅的意境。

朱翌在自己的诗中说过他最大的爱好就是游览名山胜景，看了许许多多的梅花，这些都被他写到了诗词中，在这首《点绛唇·梅》中，即写尽了对梅的所见所想“流水泠泠，断桥横路梅枝桠。”流水发出了泠泠的清越之音，梅树的枝杈横在桥旁的路上。梅花开得像雪花飞白，很像是一幅描绘江南景色的风景画。一幅清新淡雅的咏梅图，其中渗透春意。“流水泠泠”，如鸣佩环，已全无冰泉冷涩之感，从而透露出春的消息。江南雪，是静谧无声的雪花。在这样的雪花中，我们已产生“人在画图中”之感。

白璧、金钱都是无人不爱的，词人想着买梅花春色，可是春无价，就是有白玉和金钱也买不到，可见春色的高贵。游春回来，春风吹过平原野外，一缕梅花的香味随着马飘散——跟着骑马的人。

骑着骏马游玩，平川旷野，小桥流水，梅花飞雪，景色是不是一幅画？如此佳景，何不尽情地享受？一点清香已经自画中弥漫开来。

后记

光阴的画卷

贾保倩

读到颜垒兄的书稿，已将我的思绪拉回若干年前，一位才学皆受敬仰的学长送了一首歌词与我："回过头看看那幼年的纯真，让我为你抹去眼中的灰尘。"这光阴似箭般催人老，却不知那一年四季里，春风秋雨，花开草长，多少美景争相在这人世间一展缤纷，又有多少美景在过眼云烟消失殆尽。

翻开历史的诗词画卷，诸多的诗人将一世的情愫挥洒在人间，点染这些草木鱼虫的灵性，让它们活跃于二十四节气的时光隧道里，伴随着诗人们一起欢笑与哀愁。你看那二月里的"万条垂下绿丝绦"，嫩嫩的小芽从细细的柳枝里冒出来，清爽爽的青色，焕发出立春后万象更新的萌动；你听那淅淅沥沥的春雨，"天街小雨润如酥"一般的滋润，花苞中已隐约呈现出点点粉，脆脆白来；"一雷惊蛰始"，桃花盛开，樱花斗艳，万物灵动，一派生机盎然之态，一切都是欣喜而充满希望的。但是这"千花昼如锦"的春日美景并不能打消诗人"谁能春独愁，对此径须饮"的失意愁绪。于是，这繁花盛开的春日反而增添了诗人无限的惆怅。不觉已到清明，"清明时节雨纷纷，路上行人欲断魂"，远行的游子急匆匆赶路想要回乡拜祭祖先，这纷纷细雨更增添了思念的情绪。春日里的草木已经深绿了，枝头的花已落了满地缤纷。“茶煎谷雨春”，到了谷雨时节，春日就越发显得短了，吟诗品茗，踏春访友，不误了赏春，“春风吹落半床书”，也别耽误了读书。

“睡起南窗情思倦，闲看槐荫满亭台。”过了立夏，满目成荫，这一年之季在于春的美好时光已悄然而逝，日子就在光阴里流走。梅子黄了，桑葚乌红，回想起童年时，姨家表哥爬上高高的桑葚树，摘一兜满满的桑葚，用白衬衫包着，送给小小的我，至今脑海中依然记得那渗透了红色反而更加漂亮的白衬衫，还有那吃得满嘴满手红的我和表哥的模样。酌一杯杨梅酒，醉眼看着透过树叶的阳光，柔和的光给人暖暖的感觉。夏已悄然而至，自北而南的列车上，看过去满眼渐黄的麦子，还有那水田里嫩绿的秧苗，忙碌的收成与播种的季节，孕育着成长。“小荷才露尖尖角，早有蜻蜓立上头。”荷花大概是夏季里最灿烂炫目的主角儿了，“出淤泥而不染”的低调而不失奢华的姿态，就这样铺满整个荷塘，傲姿里透着清香。小暑大暑估计是一年里最难熬的三伏天了，知了会一天到晚吼个不停的。清凉凉的竹椅石板是最好的歇脚地儿，蒲扇就那么摇啊摇，邻家的老爷爷会在树荫里的躺椅上很悠然地睡去。

如雪的双鬓，是坎坷人生最明显的印记，立秋前在镜子前这么一览，蒸腾腾的夏日热气就在这鬓发间一点点清凉起来。初秋的夜开始长了，清风里也带着微凉。虽喜秋的成熟，却不喜秋的凄凉。枫叶红了，银杏叶子微黄，树叶极尽各种颜色将这个季节打扮得依旧多彩，但终究耐不住冷风吹，落叶归根，小道铺满厚厚的叶子，晴朗朗的天空里透着宁静，经历了春的萌芽，夏的成长，现在真的该成熟了。秋风，秋月，不如不遇倾城色，纵使再美容颜也难抵岁月雕琢，皱纹记录了时光，也记录了经历。

“遥知兄弟登高处，遍插茱萸少一人。”秋日里平添了许多愁绪，思念故土也思念那曾经同甘共苦的兄弟。露华凄冷，微霜煞白，独属于诗人自己的秋日山林，宁静而恬淡。

一层秋雨一层凉，层层秋雨透心凉。冬天里的寒冽已不自觉占满整个世界，期盼雪的到来，冬至里一碗热腾腾的饺子下肚，似乎年的气息越来越重了。梅花飞雪，最美的画面，使这个寒冷的冬天不再冷。白茫茫一片大地上，白雪覆盖着青青的麦苗，一切都在静候，在等待。过了这个冬天，春天就不远了吧！

这零零散散的述说，回忆着一年四季里的美景与美好的经历，恍然间发现今日小满，这二十四节气已过了三分之一。如是光阴惹情扉，纵然踏过二十四节气的轮回，这光阴的画卷依旧会温婉而美丽。